U0134438

自殺調查員3

CASE 00

SALVATION 3

孤泣作品

如果，你曾經有過自殺的想法，
請看下去。

就算故事能夠真相大白，他們的結局也不能改變。

IF YOU HAVE EVER THOUGHT OF SUICIDE,
PLEASE KEEP READING.

Even if the truth has been revealed,
their endings were irrevocable

如果，
你會有過
自殺的想法，
請看下去。

請，生存下去

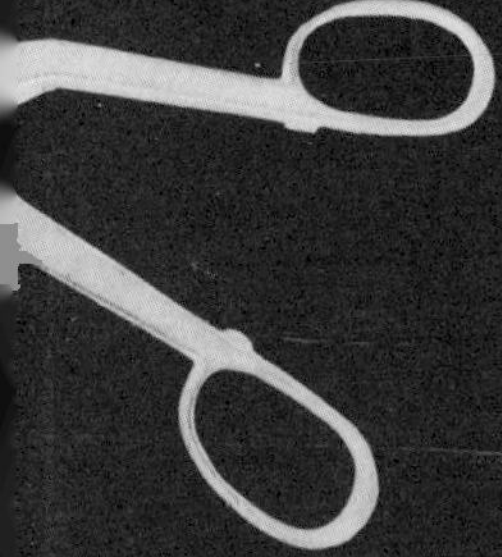

自殺調查員 3
SALVATION

「我才不要帶著那種表情死掉，至少，最後要笑著離開。」

死因裁判法庭（Coroner's Court）。

在香港，死因裁判法庭，由死因裁判官主持，是一個特別法庭，因殖民地背景，此法庭源於英國同等機構。在一般的情況之下，死因裁判官與五人組成的陪審團商議案件的裁決。

如果死者親屬或律政司認為死者死因有可疑，即可向死因裁判法庭要求審議，裁判死者死因。當然，如果死者致命原因不明，亦會經由死因裁判法庭裁決。

死因裁判官會引導陪審員，作出各種「可選擇性」的死因裁決，當中包括……

死於自然原因、死於意外、工業/職業疾病、倚賴/非倚賴性濫用藥物、出生時欠缺照顧、企圖墮胎/自我引發的墮胎、死於胎中、自我疏忽、死於不幸、合法被殺（執法部門執法）、非法被殺，還有……

「自殺」與「存疑裁決」。

存疑裁決即是證據不足，除「存疑裁決」外無法作出任何其他裁斷，簡單來說，就是「死因不明」。

而死因裁判法庭的權限，只在於決定死者的「死因」。

死者於何時死亡？

死者於何處死亡？

死者以何種方式死亡？

以上都是死因裁判法庭需要了解的部分，但卻不包括決定死因無關的內容，如行兇動機、法律責任與醫療失誤等等。

當然，屬於死者本來的「故事」，也不包括在內。

「經陪審團商議過後一致通過，周豪明是死於……自殺。」

一個人的「死因」，由一位法官與五位陪審團成員決定。

這六個人，只看到死者死亡的「證據」……

卻沒法讀懂死者的「故事」。

……

…

．

晚上。

西貢對面海郁，自殺調查社天台。

我拿著一張對摺的卡片，在卡片上面寫著……「不生存自殺協會」。

「什麼鬼『挑戰書』？周豪明你為什麼就這樣死去了？」我在自言自語。

「周豪明」這個名字，我是看到新聞報導才知道的，我們一直都不知道他姓甚名誰。

數月前，這位一身古銅色皮膚的男人來到我們調查社，他說收到了「不生存自殺協會」的挑戰書，而且想跟我們合作。

周豪明說自己在一間偵探社工作，他想跟我們合作的原因，是挑戰書中提及了「自殺調查社」。

那天，本來我們想了解更多，不過周豪明接聽了一通電話後，留下一句會在幾日內再聯絡我們的話後就離開了，當時他的表情非常驚慌。

可惜，他最後也沒跟我們聯絡。

然後，我們就在新聞報導中，看到他的死訊。

死因庭已經判定他為「自殺」，不過，他的死對我們來說，還有很多「疑點」。

他的死訊成為了當天的大新聞，因為他的自殺方法，從來也沒有在香港出現過。

「吃有毒河豚自殺死亡。」

服毒自殺的案件不少，誤食河豚而中毒亦多，不過，我還是第一次聽到，兩件事加起來：吃河豚自殺。

電話響起。

「圓圓？」我咬了一口魚肉腸：「怎樣了？」

「我就是打來問你怎樣了？」她說。

「什麼怎樣了？」我問。

「我是說調查周豪明的自殺事件！」圓圓帶點生氣地說。

「嘿，我知道了。」我看著烏雲密佈的夜空：「我們就著手調查吧。」

「好！」

沒錯，這次沒有「委託人」，周豪明的死，讓我跟圓圓也覺得是跟那個「不生存自殺協會」有關，同時，也是跟我們調查社有關。

周豪明自殺案，自殺調查社正式著手調查！

《找尋死者的故事，就是我們的宗旨。》

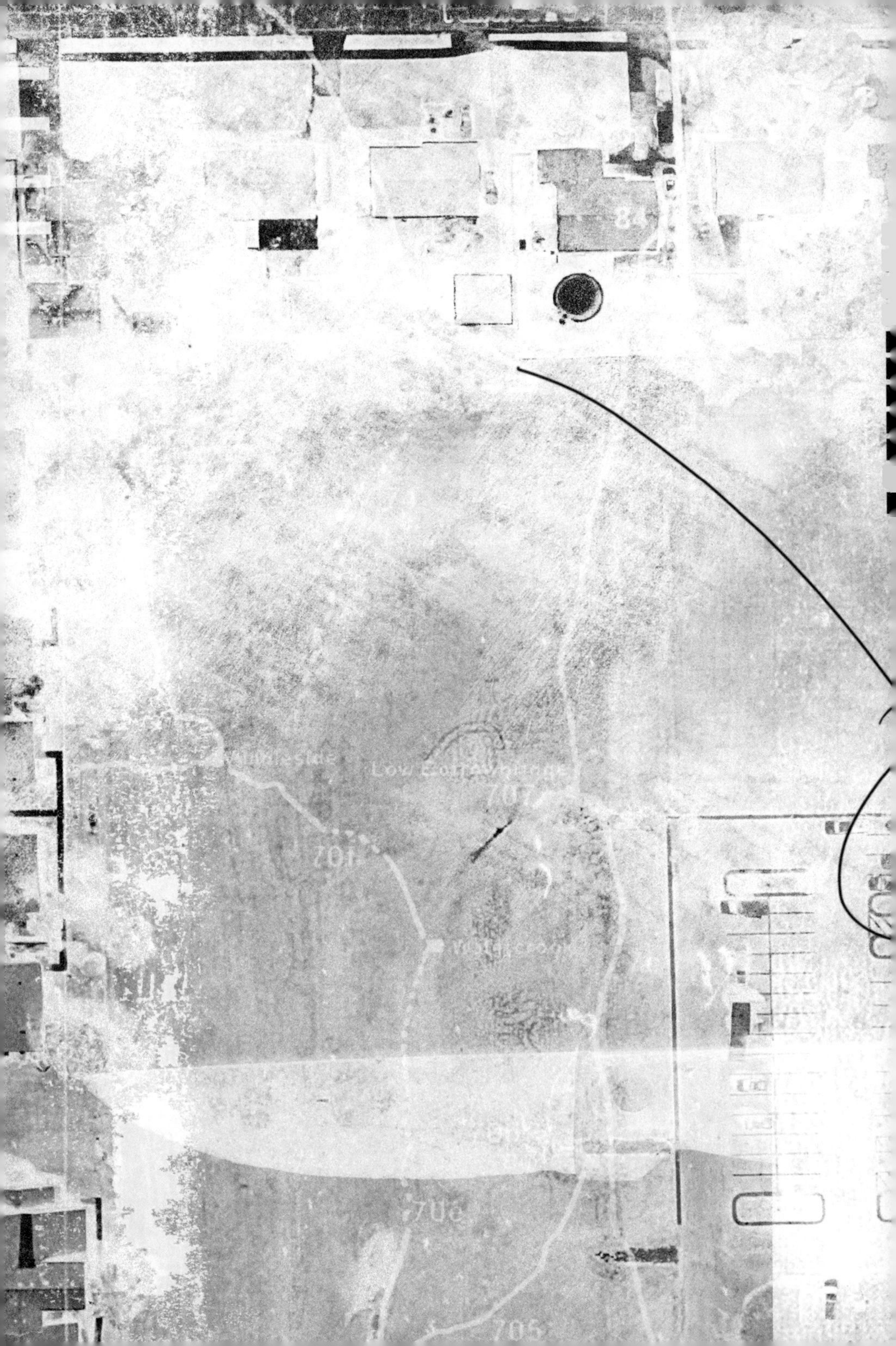

CASE FOUR

Suicide Association

不生存自殺協會

最重要的小事

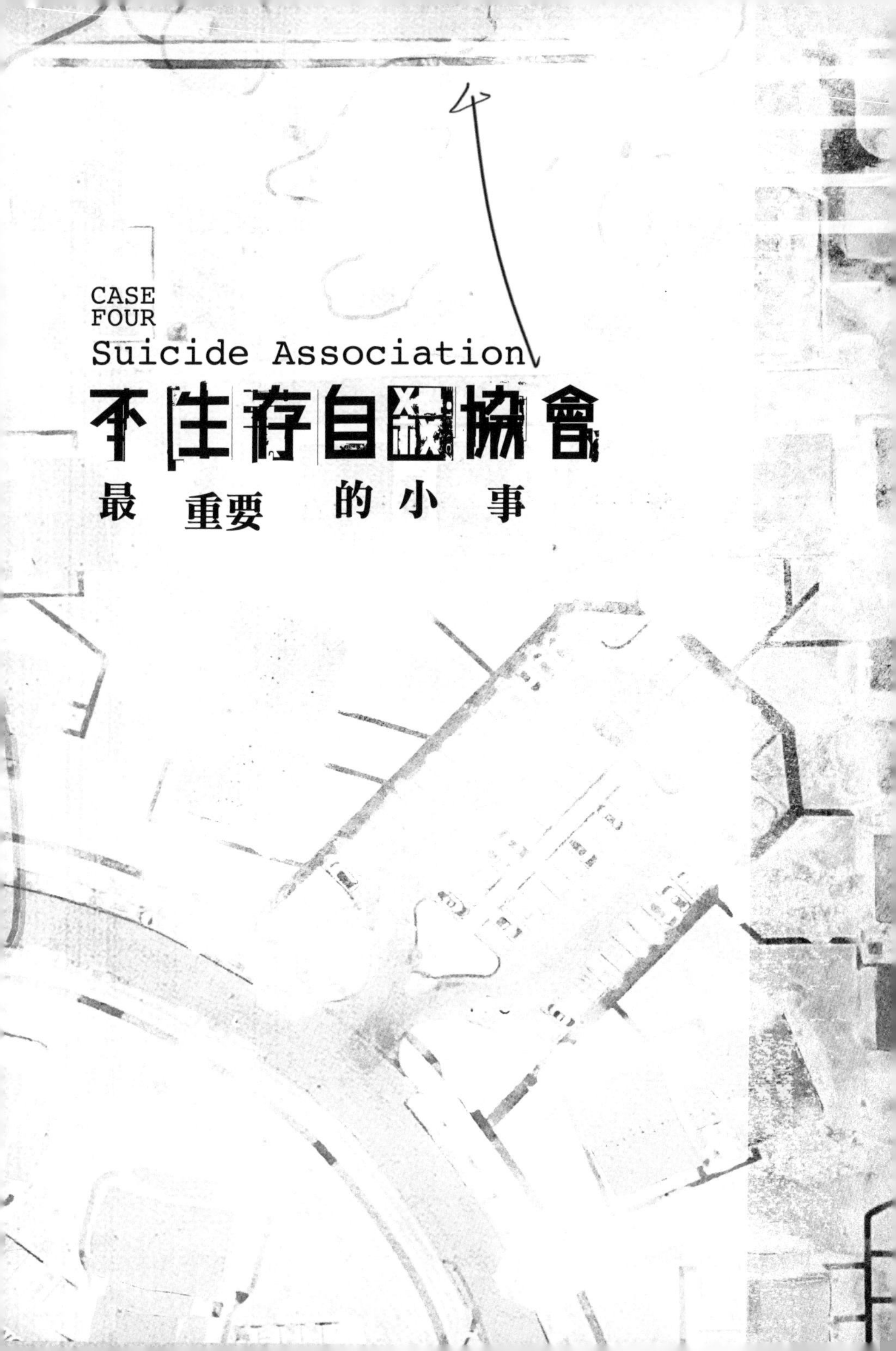

第二天早上。

自殺調查社。

圓圓與野芽正看著桌上一堆一元硬幣。

「妳們怎樣了？」我走近她們。

「空，你過來正好！圓圓出了一道題目給我！」野芽托一托眼鏡說：「桌上有十三個一元硬幣，其中七個是『洋紫荊花』向上，另外六個是『一字』向上。我不能用手摸出硬幣的圖案，而且要蒙上眼睛，我要怎樣才可以把這十三個一元硬幣分成兩堆，而每一堆中的『一字』硬幣數目是相同？」

1
1994
ONE DOLLAR

我看一看桌上的一堆硬幣，笑說：「很簡單，哈，就算是盲人也可以做到，而且是100%準確。」

「空！別要提她，我們在打賭今天的午餐！」圓圓做了一個別出聲的手勢。

「不要啊！給我一點提示吧！」野芽哭著臉說：「人工已經不高了，如果我輸了，又要請圓圓吃飯，都是身為老闆你的責任！」

「我的責任？」我指著自己苦笑：「好吧，給你提示……『反』。」

「反？」野芽覺得莫名其妙。

「好了！好了！別再說下去了！已經提示夠多！」圓圓說：「今天午餐吃什麼好呢？嘻嘻！」

「不要！！！」

此時，我看著靜靜地坐在座位上的宇馳。

「宇馳，這星期你怎樣了？沒精打采的？」我問。

「沒事！哈哈！沒事！」他好像被我嚇到了一樣，立即全身坐直。

自從找出了他妹妹谷宇蔡真正自殺原因之後，本來已經釋懷的他，忽然又多愁善感起來。

我當然知道不會「沒事」，不過，我不會多問，宇馳想說的時候就自然會說。

「好了，各位自殺調查社的調查員與同事！」我拍拍手：「今天開始，我們正式調查周豪明的自殺原因，因為這次委託人是我們自己，所以不會有收入。」

「其實我不是太贊成調查這案件，始終我們只是見過他一面，而且又沒有報酬……」野芽說。

「但可能跟那個『不生存自殺協會』有關，我覺得應該要調查！」圓圓興奮地說：「你們還記得嗎？之前黑擇明也提及過，曾思敏曾經上過一個叫『不生存自殺協會』的網頁，才開始出現了自殺的念頭，還有，姜隆懂得留下『三角形』的符號，真的是他自己想出來？還是有其他人教他？死去的周豪明，他來找我們時，直接說出『不生存自殺協會』向他挑戰，而且還提及我們調查社，以上種種加起來，都非常值得調查，最重要的一點……」

「啪！」

一疊File被宇馳不小心弄到地上。

「宇馳你最近怎樣了？總是神不守舍！」野芽說。

「Sorry！Sorry！」宇馳連忙道歉：「沒事！圓圓，妳繼續吧！哈哈！」

「最重要的一點是，那天周豪明來找我們，接了通電話後沒交代什麼就走了，不到一個月之後，他就自殺死去。」圓圓認真地說：「那天看到他，我完全不覺得他有自殺的傾向。」

「我們只是見過他一面，妳又怎知道……」野芽停了下來。

「野芽，你不是不知道吧？其他人也許不能了解，不過，以圓圓的觀察力。」我看著圓圓笑說：「應該也許不會有錯。」

圓圓一臉自信地看著我。

《沒有報酬卻有意義的事，你會做嗎？》

圓圓是一位天才，她可以從別人的身體語言中，看穿別人刻意掩飾的事。當然，天才多數有缺憾，圓圓是一個什麼事也提不起勁的宅女，她的世界，就只有解謎與電玩遊戲。

「我們也曾經接觸過不少自殺的人吧？周豪明完全不似有自殺的傾向。」圓圓說：「不過當天他來調查社聽完電話就走，當時他的表情很驚慌，好像發生了什麼嚴重的事，讓他不得不馬上離開。」

「沒有自殺傾向？妳意思是他不是自殺？」宇馳問。

「不，我覺得更有可能是他本來沒有自殺的傾向，卻在一個月內，有人讓他走向自殺的不歸路。」圓圓說：「當然，這只是我初步的想法。」

「我們先了解周豪明被判定為自殺的原因。」我說：「野芽，從華大叔那邊得到資料了嗎？」

「有！」野芽走回自己的座位，敲打著鍵盤：「周豪明因為進食河豚有毒的部位而死亡。」

「我也聽過有人吃河豚中毒死亡，不過，為什麼會被判定為自殺？」宇馳問。

「一、周豪明留下了遺書；二、有朋友證明他是『拒絕』救助；三、死亡時間。」圓圓已經一早看了華大叔給我們的資料。

「圓圓，妳再詳細一點解釋。」我雙手交疊在胸前，依靠在桌旁。

「遺書上有列明他是因為生活的壓力而選擇了自殺，不過，沒寫明是什麼的壓力。」圓圓說。

「是電腦打出來的？」我煞有介事地說。

「對。」圓圓明白我的想法。

「好，妳繼續吧。」我說。

「周豪明的死因是吃下一種叫『瀧汶河豚』的魚，這種河豚的肝臟、膽囊、卵巢等都含有劇毒，人類只吃小量河豚肉便會出現中毒症狀，進食用十克以下，已經能夠致命。」圓圓開始解釋：「河豚毒素可影響人類的中樞神經系統，嚴重時體溫和血壓會下降，最後因為導致血管運動神經和呼吸神經中樞麻痺而迅速死亡。」

「由吃下到死亡，要多久時間？」我問。

「通常吃下河豚肉後十至四十五分鐘會出現神經和腸胃症狀，可延至三小時或以上。吃下河豚有毒部位的人會覺得面部與手腳感覺異常，更會出現眩暈、麻痺、噁心、嘔吐、腹瀉和上腹疼痛等症狀。隨後會呼吸急速，出現低血壓、抽搐和心律不正的情況。」圓圓看來已經找了很多有關的資料：「一般而言，周豪明的神志會一直保持清醒，直至死亡前的一段短時間。我找過在日本吃河豚肉死亡的資料，通常都會在進食後的六小時內死亡。」

「圓圓妳說『有朋友證明他是拒絕救助』，換言之在這六小時內，有人找過周豪明？」野芽問。

「對，有兩個人找過他，一位用WhatsApp跟他通訊，而另一位是電話聊天。」圓圓說：「用WhatsApp通訊的朋友沒發現他有什麼異樣，警方也調查過，只是很普通的內容；而電話聊天的朋友，察覺到周豪明有異樣，但只是以為他身體不舒服。驗屍報告中，周豪明的死亡時間就在他吃下河豚後五小時左右，而兩位朋友都在這五小時內找過他，周豪明卻沒有向二人說明自己中毒，明顯地，他沒有打算告訴別人。」

「遺書、朋友的證明，還有死亡時間，都證明了周豪明是自殺死亡。」我思考著：「不過……我有一個問題。」

「購買有毒河豚的途徑？」她說。

看來，圓圓已經知道我想問什麼。

《有些人是不需要拯救？還是甘心去接受懲罰？》

「野芽，幫我調查一下，河豚肉在香港販賣的情況。」我說。

「不用了，我已經找到資料。」圓圓說：「《公眾衛生及市政條例》（香港法例第132章）第54條規定列明，任何人士如出售不宜供人食用的食物，即屬違法，一經定罪，最高可被判罰款五萬元及監禁六個月。任何人士想售賣河豚，必須先獲取食環署發出的許可證和河豚產地官方簽發的衛生證明書，才批准售賣。」

「如果是直接去魚市場買呢？」野芽想到：「在香港也有可能釣到雞泡魚，不是嗎？」

「魚類批發市場都在魚類統營處經營，根據他們的紀錄，過去這麼多年來，從來也沒有河豚在魚類批發市場出售。」圓圓說：「當然，非法販賣的，沒有人會知道。」

一直以來，有不同的服毒自殺案件，沒想到，河豚會成為了自殺的「工具」。

「圓圓妳調查得很詳細！」我豎起姆指手勢以示給她一個「讚」：「根據妳所得到的資

料，周豪明從『某個渠道』買到了未切除有毒部分的河豚，然後在自己家中吃下河豚。而在死前的五小時，有兩位朋友找過他，可惜他沒有選擇求救，最後毒發身亡，加上留有遺書，很明顯他選擇了結自己生命。」

「沒錯，以上種種加起來，死因裁判法庭把周豪明定為了『自殺』。」圓圓說。

「聽妳所說，的確沒有任何他殺的可疑。」野芽說。

「等等，是誰發現他死亡的？」我問。

「這方面也沒有懸念，大廈看更巡樓時發現周豪明居住的單位沒有鎖上，然後入屋發現屍體報警。」圓圓說：「大廈的CCTV亦沒拍到該樓層出現可疑人物，如果硬是要說，最大嫌疑是那個大廈看更，不過，華大叔已經調查過，他完全沒有可疑。」

「如果是真正的自殺案，這不是正好嗎？周豪明自殺的真正原因，就由我們去調查吧。」我說。

如果釐定了是自殺案，而不是「他殺」，對我們來說會比較簡單。

「有一點我很在意，周豪明的死，最可疑的地方是……」圓圓說。

「是誰跟他說吃河豚自殺的方法？」我說：「就算是那本《完全自殺手冊》也沒有說過這種死法，我甚至不記得有電影與電視劇拍過類似的自殺手法，這讓我想起了……」

「不生存自殺協會。」

我跟圓圓一唱一和，最後得出了這個結論。

是「他們」教別人怎樣自殺？是「他們」想出這些自殺的方法？

一切也是由周豪明說出「不生存自殺協會」而起，然後，我們的討論又回到這個莫名其妙的組織。

「大家！！！」

此時，宇馳大叫了起來。

「怎樣了？還未到吃午餐的時候，你想吃飯了嗎？」圓圓揶揄他。

「大家聽我說！」宇馳認真地看著我們：「其實，我知道『不生存自殺協會』的一些事情！」

「什麼？你怎會知道？你私下去調查了？」我問。

「不是我去調查，而是有人跟我說的！」宇馳說。

「發生什麼事？」圓圓問：「為什麼會有人跟你說有關『不生存自殺協會』的事？」

他說出了那天在中環十號碼頭的事。

他再次遇上櫻花樹，還有……邱雯晶的前男友。

我們全部人都非常驚訝，怪不得最近宇馳總是神不守舍。

「櫻花樹……櫻花樹他是『不生存自殺協會』的成員！」宇馳說。

究竟是怎樣？！

《我們沒法完全看穿別人的真面目，同時，別人也沒法看穿你。》

測試。

櫻花樹是來測試我們的人。

他明明一早知道谷宇蔡四個女生自殺的真相，卻找來了沒法反駁的藉口，把我們說服了。

一切都只不過是「一場測試」。

這個叫櫻花樹的人，絕不簡單，就如圓圓所說，他是一個「看不透」的男人。

「他跟我說『我已經測試好你們的能力，你們可以成為我們的對手』。」宇馳說：「而且他還想我立即辭職，加入他們協會，才告訴我更多有關宇蔡的事，當然，他不讓我告訴你們。」

「宇蔡的事？不是已經完結了嗎？」野芽說。

「他跟我說還有『真相中的真相』。」宇馳說。

真相中的……真相？

「等等。」圓圓用一個懷疑的眼神看著他：「你不是想離開我們吧？」

「當然不會！」宇馳大聲地說：「如果我真的想離開，我就不會把事情全部說出來吧！」

「但你最近總是失魂落魄，直到現在才告訴我們，你在考慮嗎？」野芽問。

「沒有！」

「你有！」

「沒有！」

「你有！」

「這也是櫻花樹計劃的一部分？」我托著腮說。

他們三人一起看著我。

「老實說，我們心中也清楚宇馳根本不會離開我們，就算他會猶豫，最後也會把這事情告訴我們，櫻花樹已經想好了這一點。」我在猜測。

「你意思是，其實櫻花樹是要借宇馳的口告訴我們？」圓圓問。

「的確有這可能。」我看著宇馳說：「他很清楚我們的關係，如果我是他，才不會叫一個『不會辭職的人辭職』，當然，他還知道宇馳甚至會把這件事告訴我們，所以我才說也許是他的『計劃』。」

「合理推斷。」圓圓也盯著宇馳說。

野芽也看著他傻笑。

「你們怎樣了？！」宇馳瞪大了眼睛：「你們不會還懷疑我嗎？」

我走向了他，然後……

一手搭在他的肩膀上，用力把他拉向我。

「鬼才會懷疑你！」我笑說：「你這個人只有滿身肌肉，頭腦又簡單，你辭職了，誰會請你？」

「沒錯！我扮作懷疑你，只是嚇嚇你而已！」圓圓也在笑。

「我還以為有機會請一個靚仔新同事！」野芽嘆氣：「看來沒希望了，還要繼續對著肌肉男，超失望！」

「你們說什麼？！現在我很差嗎？我是自殺調查社的重要調查員！」宇馳不忿氣地說。

「吃最多的員工！」

「妳才吃最多！」

我們四個人，又再次熱鬧起來了。

那個櫻花樹對宇馳「下手」，應該是看得出宇馳是最容易動搖的人，這樣才可以依照他的計劃進行。

不過，究竟他的計劃是什麼？

他要對付的人又是誰？

我看著他們三個。

我再次想起了，周豪明自殺的事。

周豪明的死，絕對跟「不生存自殺協會」有關。

由現在開始，我們要重新評估櫻花樹這個人，還有邱雯晶的前男友，也是我們的調查對象。

怎樣也好，我絕對不會讓我調查社的人出事。

絕對不會！

《想過離開，但最後也沒有離開的人，就是真正的信任。》

晚上，天台。

多數都是我一個人在這裡思考案件，不過，今晚多了圓圓。

「啤酒？」我說。

「我喝酒就沒法思考，你不是不知道吧？」她說。

「嘿。」我沒再理會她，打開啤酒喝了一口。

「你有什麼想法？」圓圓躺在我的沙灘椅上，看著夜空的星星。

「被擺了一道就是了。」我坐到她身邊說：「櫻花樹這個人好像在玩弄著我們。」

「我早跟你說，他絕對不簡單，他是我人生中……」

「第三個看不透的人。」我們一起說。

我們相視而笑了。

的確，我們是得到櫻花樹的幫助，才可以查出宇蔡自殺的原因，不過，當中有太多的謊言，還有更多的未知之數。

我們已經聯絡不上他，電話已經變成空號，甚至是他所屬的金融公司，也說他請了三個月的大假，我們沒法找到他。

「現在只能等他的下一步，而我們先從周豪明的自殺入手調查。」我說。

「他一定會出現，而且非常肯定我們其中一個人就是他的目標。」圓圓說。

她跟我的想法一致。

「我最擔心是妳。」

「我反而擔心你。」

看來，我們的想法一致，不過「目標」卻不同。

「總之我們自己要小心吧。」我再喝了一口啤酒說：「對了，妳說有三個看不透的人，其他兩個是誰？」

「方方。」

「方方？」

「方方仔是我家的貓！」她高聲地說：「很可愛的！」

「明明是貓，為什麼是看不透的『人』？」我吐糟說。

「牠是我的家人，就是『人』！」圓圓反駁。

「好了好了。」我無奈地說：「那另一個呢？」

圓圓合上雙眼，良久，她才說：「是我妹妹。」

原來是她自殺死去的妹妹。

我好像明白她說的「看不透」是指什麼意思。

「到我問你。」圓圓不甘示弱。

「說吧。」

「你……還記得你媽媽的樣子嗎？」她問。

我呆了一呆，沒想到她會問這個問題。

「你說過，想起一個已經離開的人是很正常的事，她會永遠一直留在我們的回憶之中。」

圓圓說：「不過，人的記憶會愈來愈模糊，感覺留下來，外表卻漸漸忘記。」

「最重要的小事。」我說。

圓圓看著我。

「或者對普通人來說，記得媽媽的樣子是一件很小的事，不過對來我說，是……最重要的。」我苦笑：「我沒有忘記她的樣子，而且非常的清晰。」

對於一個我已經不能再擁抱，也不能像小孩子一樣對她撒嬌的人，我一秒鐘也沒有忘記她的樣子。

「空，你媽媽是一個怎樣的人？」圓圓問。

「怎樣了？明明是聊調查周豪明的事，現在要來調查我嗎？」我說。

「你……不是想說嗎？」她用一個狡猾的眼神看著我。

又給她看穿了，嘿。

從來，我也很少說出自己的事，每次他們問到我有關媽媽的事，我都不太想談。不過，這一次，我突然很想跟一個信任的人說。

「她……」我看著夜空的星星：「是一個很漂亮的女人。」

《或者，回憶中最清晰的，是那份感覺。》

「她擁有一頭長黑髮，雪白的皮膚。小時候，我總是喜歡牽著她的手，當年我大約三四歲？我也忘了，不過我記得她的手很滑，我的小手就像被滑滑的東西包著一樣被她牽著。」

我回憶起來：「或者，她就是我心中美麗的標準。」

「還有呢？還有呢？」圓圓就像變成了小女孩一樣，想知道更多有關媽媽的事。

真的，我沒有忘記媽媽的容貌。

「有一次，我記得那年應該是幼稚園高班……」

我說出了當年在客廳中的可愛鴨仔小孩坐廁上大便的事，當然，那不是坐廁，是我妹妹的學行車。

圓圓聽到後笑翻了。

「那次，是我人生中第一次想過自殺。」我苦笑：「只有五歲的我想自殺，沒想到，最後是她選擇結束自己的生命。」

圓圓收起了笑容。

「別這樣，我沒有再因為失去她而痛苦，我只是……」我看著她：「很想知道媽媽為什麼要自殺死去。」

因為媽媽的死，才會有自殺調查社，我才會想去幫助更多委託者，找出死者自殺的原因。

「我們一定可以找到她們自殺的真相。」圓圓說。

她說的「她們」，就是我的媽媽與她的妹妹。

「嘿，沒想到妳也會鼓勵別人。」我笑說。

「空，其實有一個問題我很想問你。」圓圓說：「也許是你所說的『最重要的小事』，不過你卻沒發現。」

「我沒發現？是什麼？關於我媽媽？」我問。

她點頭。

「我一直也不敢跟你說，因為我怕你會痛苦，不過……」

就在此時，我的手機響起。

「等等。」其他人打來，我或者不會立即接聽，不過她不同，我馬上接通電話說：「奈奈？找我有什麼事？」

她是我的妹妹，尾崎奈。

「哥！我剛才看信箱，收到了一封奇怪的信，裡面有一張相片！」她說：「我一眼看出就是你小時候的樣子！」

「我小時候的相片？」我皺起眉頭。

「對！相片中還有一個男孩，跟你牽著手！」奈奈驚慌地說。

「信中還有寫些什麼？有沒有回郵地址？」我問。

「沒有，只有一張相片，什麼也沒有寫，等等……」她停頓了一會。

「怎樣了？」

「相後面有寫字！」奈大叫。

「寫些什麼？」

「一九九四年十月五日，旺角新填地街天台屋留影。一切，由那天開始。」

「什麼？」

「沒有什麼了，就只是寫了這些字！」

「不，我不是這意思……」我在思考：「奈奈妳用手機影一影那張相片傳給我看！」

「好！」

掛線後，她把拍下的相片影像發給我。

「發生什麼事？」圓圓問。

「怪事。」我簡單地說。

我看著相片，背景在天台，相片中的小男孩應該就是我，看來我當時大約只有兩三歲，正牽著另一個比我年長的男孩，他大約五六歲。

我們沒有笑，只是僵硬地看著鏡頭拍照。

「這相片有什麼問題？」圓圓問。

問題就在……我完全沒有記憶！

是誰在替我們拍照？
這個大男孩又是誰？
最重要是……
誰把這舊相片寄給我妹妹？

《人的記憶會出錯，更有趣的是，我們都會選擇忘記。》

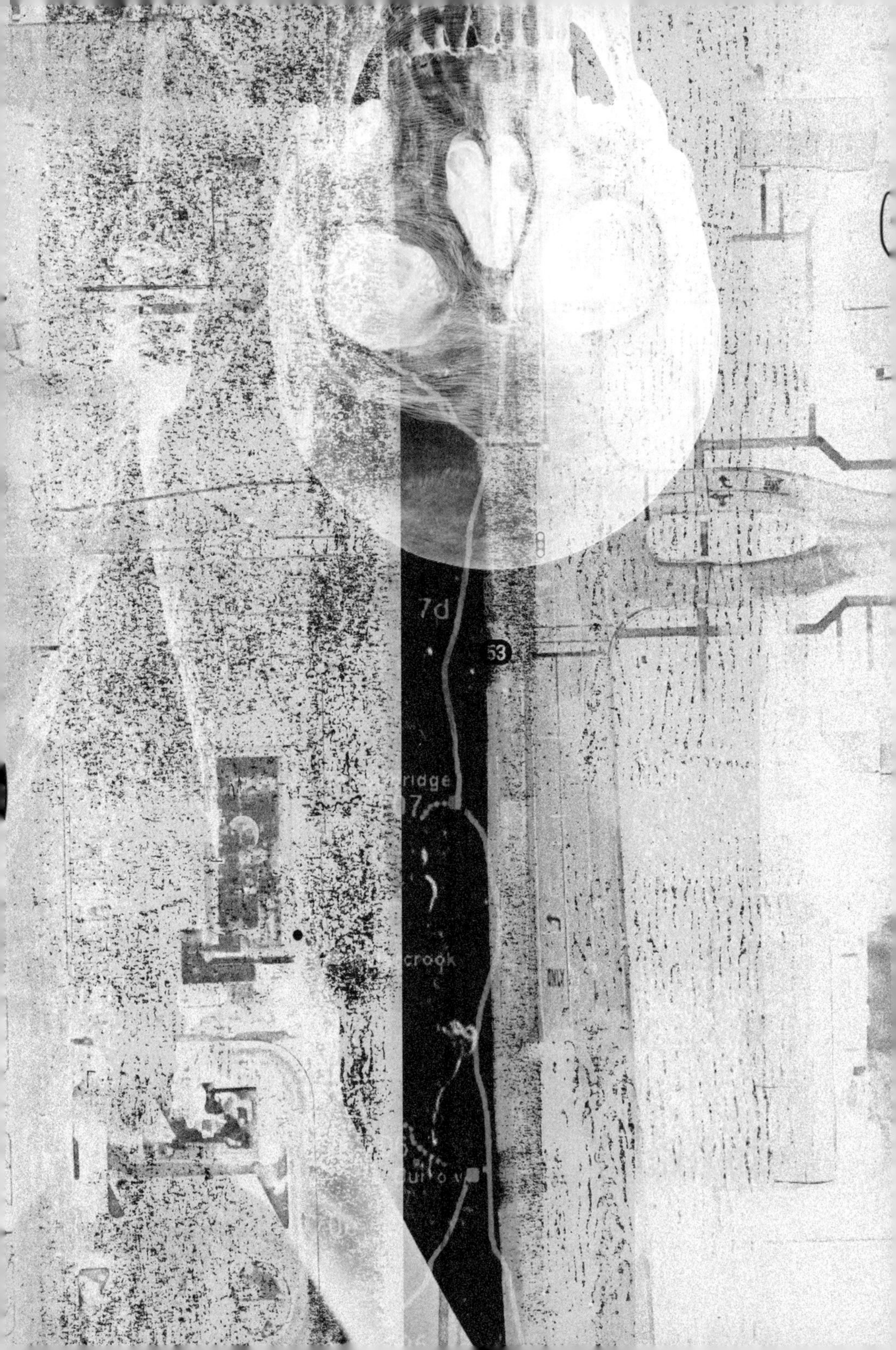
7d
53

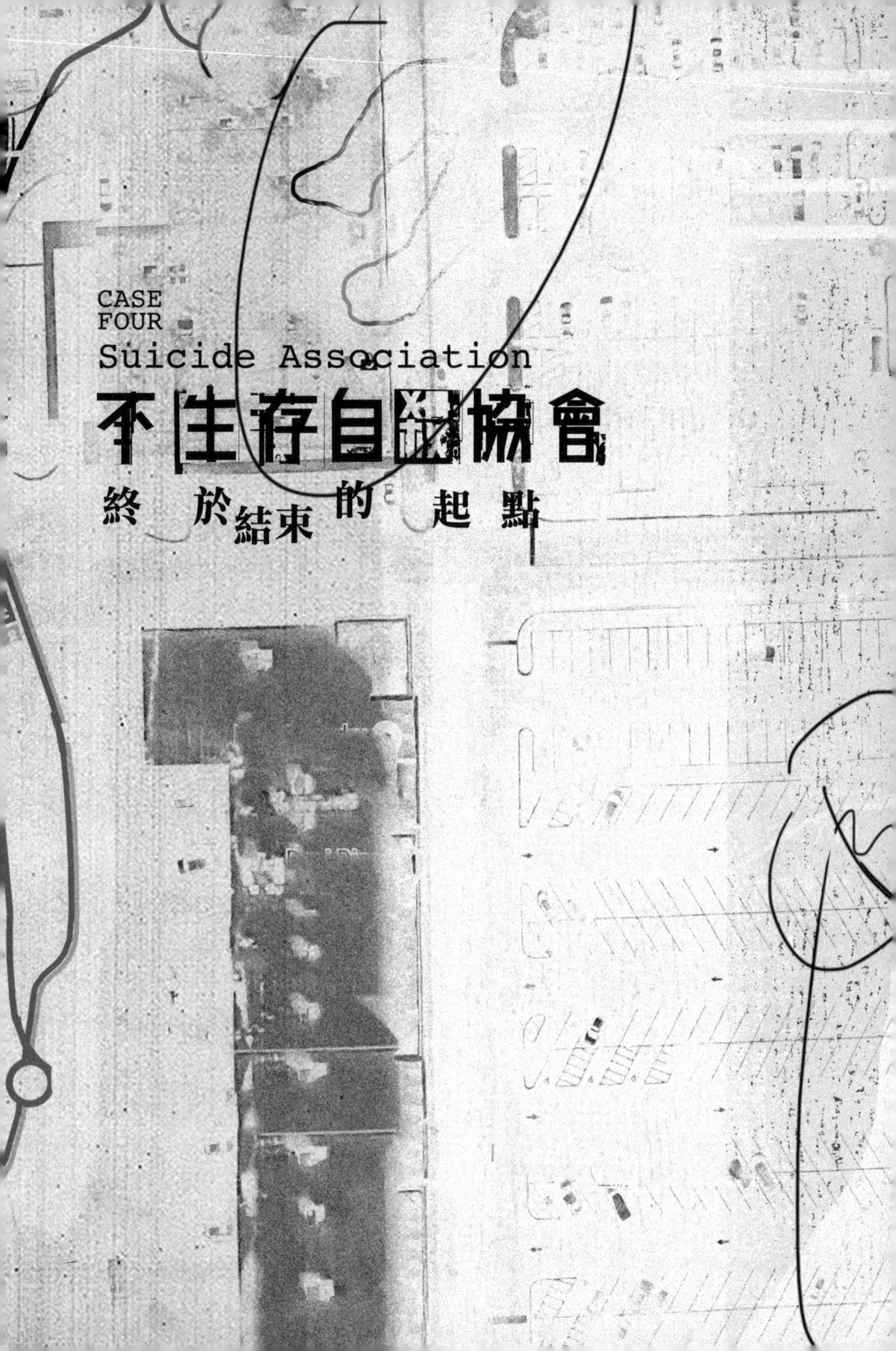

CASE
FOUR

Suicide Association

不生存自殺協會

終於結束的起點

兩天後早上。

香港仔魚類批發市場。

香港共有七個魚類批發市場，因為宇馳有朋友非常熟識魚市場的運作，知道只有香港仔魚市場最有可能買到非法河豚，所以他們選擇來這裡調查。

「我們這裡除了魚類買賣以外，還有海水供應與漁產品加工服務，市場內也設有禮品店及海鮮餐廳，真的是應有盡有！」一個滿身魚腥味、四眼瘦削的男人說。

「明仔，我不是來參觀的，我是來找河豚的賣家。」谷宇馳說。

「我知道！我知道！我現在不就帶你去找他嗎？」明仔說：「這麼多年都沒有變，急性子！」

明仔是宇馳小時候一起玩的好友，他在魚類批發市場已經工作了多年，對這裡非常熟悉。

為什麼要來魚市場？

不是已經知道周豪明是吃河豚自殺而死？還需要調查他的死因？

不，宇馳不是來調查他的死因，而是有另一個目的。

明仔帶他來到了一處像休息室的地方，不同的魚檔員工都會在這裡抽煙休息。

他們走到了一個滿身肌肉、穿著白色背心的男人面前。

「大魚佬，我來介紹，我的死檔宇馳。」明仔看著宇馳：「這位是魚市劏魚最厲害的人，我們都叫他大魚佬！」

「你好。」宇馳微笑說。

大魚佬看了他一眼，沒有理會他，繼續吃他的飯盒。

「宇馳他想來買河豚，你有什麼新鮮貨？」明仔替宇馳問。

「品種？」大魚佬問。

「瀧汶河豚。」宇馳說。

大魚佬停下了手，看著宇馳。

「要多少？」他問。

「可以毒死一個人的分量。」宇馳直接地說。

話音一落，現場的氣氛突然變得很古怪，沒有人說話，宇馳一直看著大魚佬手上的黃金勞力士錶。

「瀧汶毒性很強，不用買太多，吃牠的內藏就可以毒死一個人。」良久後，大魚佬才慢慢說出這一句。

「我直接一點問吧。」宇馳拿出手機，給他看一張相片：「他叫周豪明，他有沒有來過買過瀧汶河豚？」

「每天這麼多人來買魚，我怎記得？」大魚佬點起了香煙，吐出一口煙後說。

「他是吃瀧汶河豚自殺死的。」宇馳說。

「你是警察嗎？」大魚佬一點也不驚慌，把腳抬起踏在椅子上笑說：「來查案嗎？要告我販賣非法海產？」

「不是，我是自殺調查社的職員，我們是來調查自殺案的。」宇馳說：「我們才不會自找麻煩，我只想知道這個人有沒有來過。」

宇馳直接說出自己的身分？

對，是尾崎空要他這樣做，不需要轉彎抹角，直接說出來就可以。

大魚佬看一看手機上的相片：「是他？有，他有來過，好像上個月。」

「你確定？這個古銅色皮膚的男人，真的有來過？」宇馳想再確定一下。

「有，就是他！」大魚佬肯定地說。

「好的，麻煩你了。」宇馳微笑，然後看著明仔說：「沒事了，走吧。」

「什麼？你不是來買東西的嗎？」明仔奇怪地問。

「買了。」宇馳奸笑說：「已經『買到』想要的東西。」

肯定了「周豪明」來買過瀧汶河豚，又代表了什麼？

代表了⋯⋯⋯

大魚佬在「說謊」。

那張相片，根本不是周豪明，而是相片經過調色，將皮膚調成古銅色的……

尾崎空！

他們想知道的，不是周豪明的死因，因為已經確定了是自殺。

他們要知道的是……

「有人幫助周豪明自殺」。

《當你長大到一個可以自我安慰的年紀，你就知道痛苦不只是你自己。》

羅灣禮頓道某幢唐樓樓下。

「我們……真的上去嗎？」許茹繪看著唐樓的樓梯。

一直喜歡著高跟鞋的她，看來不太適合「行動組」。

「只是六樓而已，雖然我也不太喜歡走樓梯。」筆杍圓說：「很快就到了！」

「六樓……」繪嘆了口氣：「早知不答應空來幫手。」

「你也不想我一個人有危險吧？」圓圓說：「走吧！」

兩個女生對於周豪明的自殺一事有著不同的態度，圓圓很有幹勁，相反，繪只是半個自殺社的員工，義務幫助空，完全提不起勁。

今天她們兩人要到周豪明其中一個朋友的家調查，就是那個打電話給周豪明的朋友。

很快，她們已經走到了二樓。

「沒想到，那個櫻花樹一直也在欺騙我們。」繪一面走著一面說。

「所以妳最初覺得他有問題，是對的。」圓圓說。

「可惜，最後我也被他騙了。」繪說：「如果這次的自殺事件，也跟櫻花樹與那個組織有關，你們幾個要小心。」

「繪，我想問妳一個問題。」圓圓突然轉移話題。

「什麼？」

「妳是空的中學同學，其實妳知不知道他跟家人的事？」圓圓問。

「他很少說自己的事，我知道的，也許妳也有聽過吧。」繪說。

「也對。」圓圓說：「他有沒有提及過他的父親？」

「父親？」繪在回憶：「他好像……很早已經過身了。」

「是這樣嗎？」

「為什麼要這樣問？」

「因為……」

圓圓對繪說出了昨天她沒有跟空說出的疑問，繪想了一想。

「妳好像……有點道理。」繪說。

「本來我想直接問空的。」

「我想妳最好不要問了。」

「為什麼？」圓圓轉身看著繪。

「沒什麼，其實妳跟空工作了不短的日子，也知道他是一個怎樣的人。」繪走過了圓圓：「他看似很會安慰別人，不過，安慰的對象都只會是像妳、宇馳這種人，其他人呢？他一點都不懂，最重要是……」

「他未完全釋懷。」圓圓已經知道她想說什麼。

「對，空是一個能醫不自醫的人，看似很堅強，其實都是裝出來的。」繪說：「我可以非常肯定，以我對這個前男友的了解，不會有錯。」

一面說一面走，她們已經來到了六樓。

「終於到了。」繪在一個單位的木門前停下來，喘了一口大氣，她回頭看著圓圓：「先完成現在的工作吧，之後再跟妳聊聊空的事。」

「知道！」圓圓也走到木門前：「好吧，這次由我來問他問題。」

「當然，我只是輔助。」繪笑說。

圓圓按下了門鈴，不久，木門打開。

「誰？」一個女人問。

不，是一個長髮濃妝、噴了濃郁香水、女性打扮的中年男人。

圓圓與繪有點錯愕，對望了一眼。

「你好，我們是特別雜項調查小隊MESUS的警員，想來調查周豪明的案件。」圓圓出示偽造的證件。

「又來？我不是已經跟其他警員落過口供了嗎？」男人說。

「因為是不同的部門，所以……」

突然，有個男人從單位走出來。

「金翠，你聊完了沒有？我沒時間了，你到底還做不做？」男人問。

此時，她們才發現大門的門牌寫著……

「金翠私家指壓　口技一流」！

《埋藏心中的秘密有多少，心中自有分曉。》

CASE FOUR

Suicide Association

不生存自殺協會

終於結束的起點 03

深水埗大南街。

尾崎空與趙野芽來到了某幢大廈的一個單位門前，他們比筆杼圓與許茹繪謹慎多了，因為他們先看一看門牌……

「令箭偵探社」。

這裡就是周豪明死前工作的偵探社。

「原來你們是同行！」一個肥男人喝了一口咖啡說：「我就是令箭偵探社的社長，大家都叫我杜強。」

其實自殺調查社跟普通的偵探社完全不同，不過，尾崎空沒有多解釋。

「我們想了解周豪明的工作。」趙野芽說：「可以跟我們分享一下周豪明平時的工作，還有會接觸的人嗎？」

「妹妹，妳夠十八歲沒有？」杜強懷疑地看著她：「算了，其實周豪明只是我偵探社的Part time，也不算是我們偵探社的員工。」

空與野芽對望了一眼。

「豪明不是已經被判定為自殺了嗎？你們還要調查什麼？」杜強問。

「其實我們不是偵探，我們是調查自殺……」

正當野芽想解釋時，空已經搶著說：「你知不知道有一個叫『不生存自殺協會』的組織？」

杜強看一看尾崎空說：「豪明曾經跟我提過，不過這不是我們偵探社的案件，是他在私人調查。」

「但他跟我說『不生存自殺協會』，要向我們調查社與他工作的偵探社作出挑戰。」空說。

「他的確跟我說過想查這什麼鬼自殺協會，不過我最後我也拒絕了。」杜強說。

「為什麼？」空問。

「這不是委託調查，你也是做這行的吧，不明白嗎？如果只是他的私人調查，根本就沒有報酬，我為什麼要去調查？」杜強說：「我們都要吃飯的。」

「聽到嗎？」野芽在空的耳邊細聲說：「別人才不會免費去調查！」

「妳多事吧。」空瞪一瞪野芽說，再望向杜強：「你意思是周豪明是私下接到『不生存自殺協會』的挑戰，然後自己來找我們？」

「對，就是這樣。」

很明顯，杜強不想牽涉在這自殺事件之中。

「在周豪明自殺之前，他有沒有什麼異樣？」野芽問。

「沒有。」杜強說：「老實說，他本來已經有一點神經質，所以我也沒有請他做全職員工，不過看在他的熱情分上，才給他做 Part time。」

「神經質是什麼意思？」空有點在意。

「豪明收到這奇怪的挑戰，換作其他人可能當是惡作劇罷了，他竟然相信並去找你們，不是有問題是什麼？」杜強說：「我不知道你們想調查什麼，不過，我應該沒法幫到你們。」

他站了起來，邀請空他們離開。

「我可以看看豪明的座位？」空問。

「可以，不過你不能帶走任何東西。」杜強說。

杜強帶他們來到了洗手間旁的書桌，洗手間傳來了異味，而且書桌四處都是生鏽的水管，環境非常惡劣。

「他就在這裡工作？」野芽有點驚訝。

「沒錯，他只是Part time，妳也知道香港租金貴吧？有地方給他已經很不錯！」杜強說。

「杜強。」空轉身看著他。

「怎樣？」

「你還記得嗎？」

「記得什麼？你說豪明的事？」杜強問。

「不，我說的是……」空認真地說：「你是為了賺錢才開偵探社？還是想幫助別人，同時又賺到錢？」

杜強呆了一呆，沒想到空會問這個問題。

「你是因為相信屬下才請他？還是因為人工平才請一個人？」空繼續說。

「這，當然是……」

「空！來看看！」此時，野芽發現了什麼在大叫。

尾崎空走到野芽的位置，看著打開了抽屜……

他皺起了眉頭。

《你是想找份合適的工作？還是想找份不喜歡但有錢的工作？》

晚上，自殺調查社。

他們五人已經完成今天的調查，開始討論案件。

「大魚佬在說謊，周豪明沒有親自去買瀧汶河豚後服食自殺。」宇馳說。

「你怎知道？」還未知情的繪問。

「我給他看這張相，問是不是他來買河豚。」宇馳把手機遞給她看，當然，手機屏幕上顯示的人是空。

「嘿，原來如此。」繪對著空笑說：「空，這個造型蠻襯你，好過你只穿雨褸。」

「謝謝大師的讚賞。」空苦笑：「不是周豪明買河豚，這代表了……」

「另有其人。」圓圓搶著說：「或者就是那個自殺協會的人，幫助他自殺，而且還收賣了那個大魚佬。」

「我看到他的手錶是勞力士，至少要二三十萬！」宇馳說。

「很大機會被收賣了。」空看著圓圓與繪說：「妳們兩個去找那個金翠南有什麼收獲？」

「他是一個女人。」繪說。

「什麼？！」野芽看著電腦：「資料顯示明明是男性，怎會是女人？」

「他還教了我們很多取悅男人的方法。」繪喝了一口威士忌：「他簡直比女人更女人。」

「他是同性戀。」空已經猜到：「然後呢？」

「周豪明是他的客人，而且是熟客。周豪明自殺當天，金翠南打給周豪明確定一下明天他是不是要去他那裡。」圓圓說。

「去他那裡做什麼？」野芽問。

「小妹妹，金翠南的門牌寫著『金翠私家指壓　口技一流』，妳還要問？」繪對野芽說。

「原來如此！」野芽用手掩著嘴。

「我可以看出金翠南與周豪明不只是娼妓與嫖客的關係。」圓圓說。

「怎看出呢？」宇馳問。

「你們男人完全不了解女人，我們女人卻很容易看得出女人的感受。」繪說：「而且圓圓的觀察力你們都不相信嗎？」

「等等！我還未接受到一個大男人，其實有一顆少女心！」宇馳看著金翠南的相片搖頭。

「這其實沒什麼問題，你太大驚小怪了。」空問：「還有什麼情報？」

「金翠南說，周豪明的家人一直以來都非常反對他的性取向。大約在十年前，周豪明帶了同性情人回家吃飯，他父母對此非常討厭，不久，他們就斷絕父子關係了。」繪回憶起金翠南的說話。

「基於法律規定之親子關係是無法斷絕的，妳說的斷絕父子關係，是指沒有法律效力的登報聲明？」空問。

「才不是，是取消他的遺產繼承權。」圓圓說：「我想這樣，比登報狠心多了，不是嗎？」

「不承繼就不承繼吧，又不是什麼有錢人！」宇馳輕視地說，他看不起那些不讓孩子自己選擇路向的父母。

「你錯了。」圓圓把一份資料遞給宇馳看：「他父親是錦美食品集團主席，集團的資產淨值應該有六十億美金。」

「什麼？六十億？！」

除了圓圓與繪以外，全場人都非常驚訝！

「周豪明自殺死去，為什麼報導沒有說他是錦美食品集團主席的兒子？」野芽覺得奇怪。

「可能是十年前已經斷絕了關係，根本沒有人知道。」繪說：「我想妳也不知道所有富豪與其家屬的名字吧？又有可能是他們出錢不讓傳媒報導。」

「也說得對。」野芽托托眼鏡。

「還有一點，金翠南跟我們說了一件事，我覺得很奇怪。」圓圓說。

「是什麼？」

「周豪明的喪禮，一個家人也沒有參與。」

《我們沒法真正改變與阻止一個人的自由意志。》

「有什麼奇怪？不是說了斷絕關係？」宇馳問。

「人也死了，還要計較？更何況是跟父親斷絕關係，他其他家人呢？不會連一個家人也不出席吧？」圓圓反問。

「應該是『被吩咐』不能出席。」空托著下巴：「這樣說……周豪明自殺，有很大機會跟他的家人與及性取向有關，我們就朝這方向繼續調查。」

「空，你那邊呢？」繪看著他。

「嗄……我最不想發生的事發生了。」空搖頭嘆氣。

「什麼事？」圓圓問。

「我們在周豪明工作的偵探社，找到了一堆相。」

空看著野芽，她已經把相片拍下來，讓其他人看。

「這裡是……」宇馳說：「旺角？」

「旺角新填地街。」野芽掃到其中一張相片，是新填地街的路牌。

「什麼？！」圓圓非常驚訝。

「只是一些街拍吧？」繪拿過了手機看：「還有一些唐樓的景，有什麼問題？」

「問題在……」

空把妹妹尾崎奈收到的相片給他們看，還說出當天尾崎奈收到相片的事，還有他自己對相片沒有記憶。

「這麼……巧合？」繪狐疑。

「其中一張相的背景，就是我當年拍照的天台。」空說。

他把自己的手機與野芽的手機放在桌上，兩張相片都是在同一位置拍攝的。

「太奇怪了！」宇馳大叫。

「之前說過，那個櫻花樹要對付的人，不是宇馳，空……」圓圓說：「或者是你！」

「要來對付我才不怕，我最擔心的是……」空說。

「叮噹！」

此時，調查社的門鈴響起。

「這麼晚還有客人？」野芽準備去開門。

「等等，讓我來。」空說完就走向大門。

尾崎空最不想發生的事，的確發生了。

或者，圓圓、宇馳、野芽，還有繪，都是他最重視的人，不過，還有一個人，比他們更重要。

現在，因為他的工作，把這個人拉入了自己的事件之中，牽連了她。

你說，空又怎會不擔心？

怎會不擔心自己唯一的親人？

空打開了大門。

她微笑，然後擁抱著空。

「哥！很久不見了！很想你！」

她是尾崎奈。

「傻妹，你應該叫我在樓下接妳。」空說。

「怕什麼？我又不是小朋友！」奈走入了調查社：「大家好！我是尾崎奈！大家可以叫我奈奈！啊？繪也在嗎？真齊人！」

他們呆了一樣看著她。

「宇馳，快來幫手吧！發什麼呆？」空指著門前的兩箱行李。

「是！」宇馳立即走向大門。

「都叫妳別要帶太多東西過來，她又不聽，唉。」空看著那兩大箱行李。

「她是你妹妹奈奈吧，但來調查社探班為什麼要帶行李？」宇馳覺得莫名奇妙。

「因為我想奈奈暫時住下來。」空認真地看著宇馳：「我們要好好保護她，這裡是最安全的地方。」

宇馳第一次看到，空這種認真又擔心的眼神。

《無論他有多風光，決定選擇斷絕來往。》

安頓好一切後，現在的調查社，由五個人變成了……

六個人。

繪跟空拍拖時，奈奈已經一早認識她，而其他人，卻是第一次見面。

當然，空很久之前已經跟他們說好，不能跟奈奈說出媽媽自殺的事。

「哈哈！圓圓妳不像空說的一樣呢？妳比我想像中漂亮多了！」奈奈喝下了橙汁。

「是嗎？」圓圓擠出了笑容，然後看著空：「你怎樣向你妹妹形容我呢？」

「哈……哈……哈……沒什麼！就是女生一個吧！」空尷尬地笑。

「他說妳像女版的河童！」奈奈說。

「什麼？！」圓圓生氣：「竟然叫我這美少女做河童？」

「還有野芽，我還以為你是小學生，空說妳像小學生一樣！」奈奈看著她。

「我怎會是小學生！我二十一歲了！」野芽大叫。

「啊？我今年二十三歲，比妳大啊，妳是什麼星座？」奈奈問：「哥哥跟我說過調查社中，有一個女生跟我同年，應該就是圓圓吧！」

她們三個女生開始聊個不停，一發不可收拾！

「空，這樣做好嗎？你不是不想把妹妹牽連在內？」宇馳也有一個已經過世的妹妹，他有點不明白他的做法。

空、繪，還有宇馳坐到小吧枱前淺酌。

「不，我覺得這安排很不錯。」繪說：「宇馳，如果你了解奈奈的性格，就會明白的了。」

「什麼性格？」宇馳問。

「反叛。」空搖頭無奈地喝了一口：「嘿，奈奈是我覺得在世界上最難控制的人。」

「也是你在世界上最放不下心的人。」繪說。

空沒有回答，只是用杯碰杯來回應。

「我明。」宇馳也用杯回敬一下，然後看了一看自己桌上的F-91高達。

「對，除了金翠南，還有一個在周豪明自殺當天WhatsApp他的人，妳跟圓圓找到嗎？」空問。

「沒法找到，是儲值卡號碼，沒法找到登記號碼的人。」繪說：「不過，查到了WhatsApp的內容。」

「內容是什麼？」宇馳問。

「周豪明的手機輸入那個人的名字為『T』，『T』WhatsApp周豪明跟他說『明天釣魚，早上八時馬料水公眾碼頭見』，然後周豪明回覆他『明天見』，就是這樣。」繪說。

「沒有了？」宇馳問。

「沒有了。」繪說：「我跟圓圓也看過其他聯絡人的WhatsApp記錄，也沒發現有問題的地方。」

「不……」空皺起眉頭：「有問題！」

「只是約去釣魚，有什麼問題？」繪問。

「為什麼金翠南打給周豪明問他明天會不會去他那裡，周豪明說不能去，而這個WhastsApp中的『T』，周豪明卻說……『明天見』？」

此時，空看著奈奈三個女生，她們正在玩早前圓圓出的謎題，桌上放了十三個一元硬幣。

「圓圓！」空走向了她們。

「別提示她們！」圓圓立即說。

「沒錯！我自己會想到方法的！」奈奈說：「哥別要出聲！」

「不是！」空走到圓圓身邊說：「WhatsApp內容是……『明天見』！」

圓圓不明白空說什麼，然後她看看桌上的十三個一元硬幣……

「對！有問題！」圓圓大叫。

《真正的好朋友，幾壞也能接受。》

桌上有十三個一元硬幣，有七個是『洋紫荊花』向上，另外六個是『一字』向上。不能用手摸出硬幣的圖案，而且要蒙上眼睛，要怎樣才可以把這十三個一元硬幣分成兩堆，而每一堆中的『一字』硬幣數目是相同？

方法是……

首先將十三個硬幣分成兩份，一份六個硬幣、另一份七個硬幣。

然後將六個為一份的硬幣全部翻轉，就這樣「一字」面向上的數目就會跟另一份一樣。

絕對的相同。

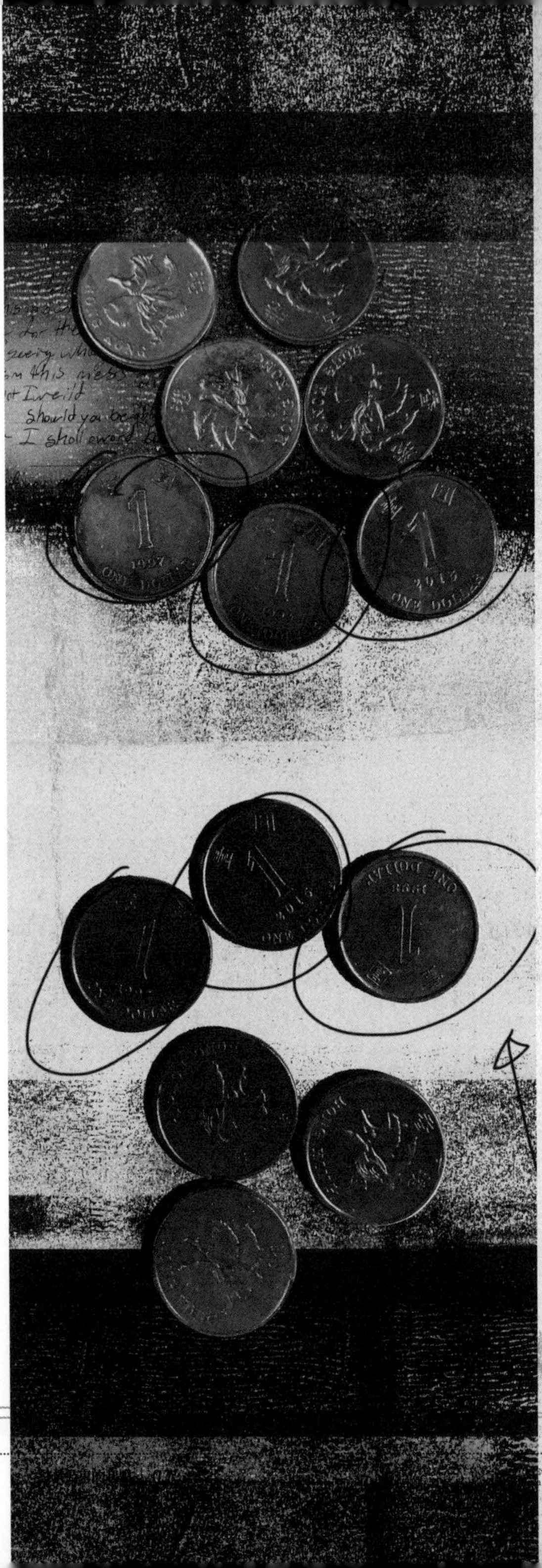

圓圓跟他們說出了答案，野芽也嘗試了幾次，數目都是一樣。

「為什麼會這樣？」野芽不明白。

「對！我也不明白！」奈奈拿起了其中一個硬幣：「而且野芽蒙上眼睛去分兩份，根本不知道兩份硬幣中洋紫荊花與一字向上的數目各自有多少？」

「原理是這樣的。」空在白板上寫著：「假設七個那一份有x個是『一字』朝上，而六個那一份就有（6－x）個『一字』朝上，只要把六個一份的全部反轉，『洋紫荊花』會變成『一字』、『一字』的會變成『洋紫荊花』，則是有6－（6－x）個，即是x個。所以七個一份的『一字』朝上有x個、六個一份『一字』朝上的也有x個，x=x，所以兩邊『一字』朝上的數目是相同。」

「6－（6－x）？什麼東西？」宇馳完全聽不明。

不，應該說是宇馳、野芽、奈奈完全聽不明，而繪根本不想聽，她只需要知道問題就可以了。

「這謎題，跟周豪明的案件有什麼關係？」繪問。

「這道題目考驗人的……『逆向思維』！」圓圓說：「而空所說的是……」

「為什麼金翠南問周豪明會不會明天到來，周豪明說不會，而那個『T』傳來的WhatsApp，周豪明卻回覆『明天見』？」空提出了問題。

「可能是……周豪明跟金翠南比較熟，所以說出自己不會去找他？」宇馳猜。

「不是熟不熟的問題，如果是我知道自己快要死，我直接說不去碼頭釣魚吧！而且如果真的不熟悉，根本就不回覆也可以！」野芽說：「為什麼周豪明要說明天見？」

「不，你們沒有用上『逆向思維』。」空看著他們。

「我來解釋。」空接著說：「如果，不知道周豪明會死，當然會聯絡他，很正常，就好像金翠南會打電話給他一樣；但如果知道他即將死去，還會聯絡周豪明問明天約會的事嗎？」

「不會！應該叫他不要自殺才對，而不是問明天的約會如何！」野芽說。

「沒錯，而且周豪明還跟『T』說明天見……」圓圓說。

「逆向思維……」空說。

「你們的意思是……」野芽想到了什麼：「『明天見』這三個字，不是說給『T』看的？」

「野芽果然跟我久了，變聰明了，嘿。」空看著白板上的T字：「很有可能，是『T』一早叫周豪明收到訊息後回覆『明天見』。」

「為什麼要這樣做？」宇馳問。

「很簡單……」空用紅色筆圈著T字：「他們要讓我們想到這一點，『明天見』這三個字不是要讓『T』看，而是要讓想到『逆向思維』的人看到！」

「即是我們！」圓圓說。

全場都靜了下來。

WhatsApp的內容，不僅僅是周豪明與T的對話，而是埋藏著更深一層的佈局——

要誘導空他們找出「答案」！

「野芽，給我T的手機號碼！」空說。

「好！」

空在該號碼的WhatsApp對話框內輸入……

「明天去釣魚，早上八時馬料水公眾碼頭。」

十分鐘後，那個電話號碼回覆了……

「明天見。」

他們終於找到了調查的真正「起點」。

這事件結束後，另一個的「起點」。

《有真正的結束，才有從新的開始。》

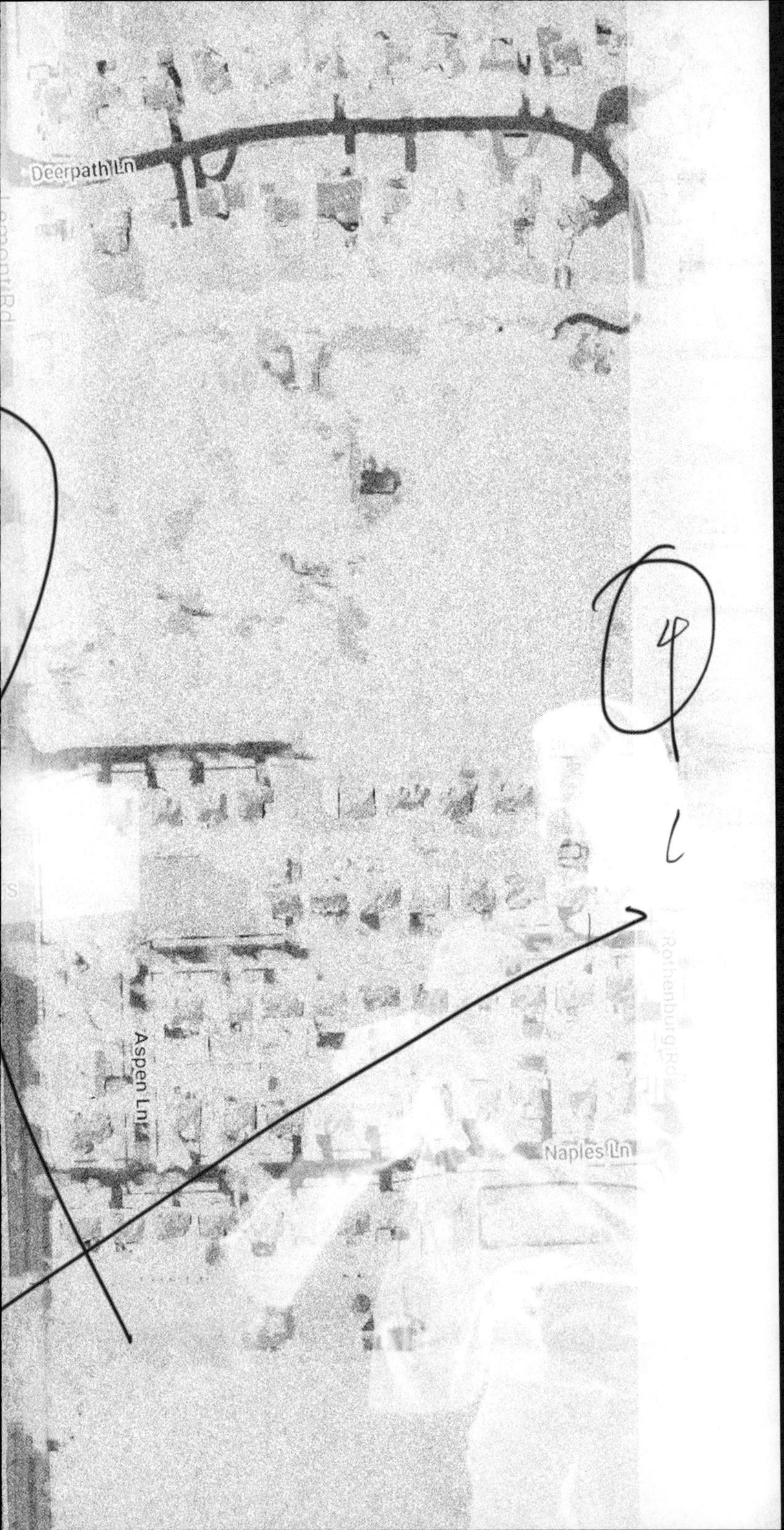

Deerpath Ln
Aspen Ln
Rothenburg Rd
Naples Ln

CASE
FOUR

Suicide Association

不生存自殺協會

第二人生

「如何讓一個人殺人？」

英國的心理學研究者和魔術師達倫布朗（Derren Brown），拍攝了一套名為《達倫布朗：逼迫》（Dereen Brown : The Push）的真人紀錄片。

片中，他精心打造出一個「陷阱」，讓不知情的參加者從原本單純善良的人，變成了「惡魔」。

達倫布朗先從成千上萬的參加者中，挑選出「最容易」被控制的人來加入這一場真人show。

最終，他選出了四個參加者，而其中三個成功被他控制，變成了「惡魔」。

三個參加者在不同的心理因素影響之下，最後，把目標推下了樓，成為了一個……

殺人兇手。

當然，這是一場真人show，沒有人真正被殺，而「殺人」的參加者沒有真正成為「殺人兇手」。這場人性的測試是否真實，也許每個人也有自己的答案。

不過，對於我來說，無論是真是假，的確是很有趣的「測試」。

因為達倫布朗測驗「如何讓一個人殺人」的想法，跟我們協會的宗旨很接近。

我們協會的宗旨即是……

「如何讓一個人自殺？」

我們不是一場真人show，而是真真實實地讓一個人「自殺」。

這就是我們「不生存自殺協會」存在的原因。

要讓一個有自殺傾向的人自殺，只是我們協會的「入門」，這方面對於我來說，完全沒有難度。而我們的「高級」班，就是……

「沒有自殺傾向的人最後選擇了結自己的生命。」

這一代的會員中，就只有三個人曾經做到。

一個是我，另一個已經退出了協會，而第三個，就是……

櫻花樹。

……

…

．

一所大屋地牢之下。

我們正在喝著紅酒。

「計劃進行得順利？」我問。

「非常順利。」他說：「很快，不會太久，就會成功。」

「我真的服了你的周詳計劃，先利用有自殺傾向的人死去，再一步一步讓沒有自殺傾向的人走入深淵之中。」我倒出了紅酒，給他一杯。

「也要多得你幫忙吧。」他拿起杯子看著杯中的紅酒：「還有你的『身分』。」

他從紅酒杯的玻璃中，看著我。

「沒辦法，這次難度太大了，我們不合作，也許不會順利進行。」我說。

「難度愈大，成功之時愈是興奮。」

「的確，嘿。」

我把酒一喝而盡。

「也是因為協會的宗旨，讓我人生有了『目標』，我的第二人生。」我說。

「別來這一套，你根本不在乎。」他很了解我：「你的人生，是由你自己製造出來的，你只有這個想法，其他人，都只是你的棋子。」

「嘿，你很了解我。」我苦笑搖頭：「樹，我在想……如果可以讓你自殺，應該是我人生中最大的成就。」

「啊？怎麼我跟你有同樣的想法？」他笑說。

我們相視而笑了。

「喝完這杯，要走了。」他說。

「這麼早？」

「對，明天有事。」他說：「要準備一些東西，然後去碼頭。」

「好，祝你計劃繼續順利進行。」

樹，祝你讓一個沒有自殺傾向的人……

成功自殺。

《人類最可怕是，玩到沒東西可以再玩，也是一種悲哀。》

第二天早上八時三十分。

馬料水公眾碼頭，尾崎空已經一早來到等待。

他看著大清早釣魚的伯伯，滿頭白髮的伯伯的魚桶之中，一條魚也沒有。尾崎空看看手錶，已經遲了三十分鐘。

「看來，被放鴿子了。」他自言自語。

他從欄杆跳了下來，然後走向了那個釣魚的伯伯。

「一條也沒釣到？」他問。

「對，哈哈！今天可能沒有收獲了！」伯伯笑說。

「對，沒有收獲了，嘿。」尾崎空想起了被放鴿子。

「年輕人，你這麼早來碼頭又不是釣魚，你不會是想跳海自殺吧？哈！」伯伯風趣地說。

「嘿，如果要自殺，絕對不會選擇碼頭。」空看著大海。

「為什麼呢？」

「一定會有個在釣魚的老伯伯看到，然後報警，死不了。」空笑說。

「哈哈哈哈！沒錯沒錯！」伯伯大笑起來。

「我要走了，祝你有收獲。」空站了起來。

「再見了，年輕人。」伯伯收回了被吃了魚餌的魚絲：「別要想太多煩惱事，總有一天，會有魚上釣的！」

空沒有回答他，只是給他一個微笑。

他離開了碼頭，發了一個訊息到「T」的號碼。

「又被你騙了。」

為什麼是「又」？

沒錯，尾崎空心中大概知道這個人是誰。

兩天後，香港仔某商廈。

升降機內。

「商廈可以用來住的嗎？」野芽問。

「法律是不可以，不過誰知道？」空說。

「明明就是沒可疑的自殺案，不知道你們又要調查什麼？」華大叔說：「最重要是，又要麻煩我！」

「華大叔，別這樣，今晚請你吃晚飯吧！」空搭在他的肩膊上。

「知道了，鬼叫我欠你人情。」華大叔說：「九樓，到了。」

今天空與野芽來到周豪明所住的單位，當然，都是多得隸屬 MESUS 的華大叔幫助。

「現在沒有人住，業主不在香港，所以還未收拾周豪明的東西。」華大叔插入鎖匙，打開大門。

「野芽，盡量別要亂動單位內的東西，也不要取走。」空提醒她。

「沒問題！」她說。

周豪明一個人住，單位內牆上貼滿了性感肌肉男海報。

「看來……他也蠻喜歡大隻佬！」野芽帶點尷尬地說。

「很乎合金翠南描述的周豪明。」空說。

他們首先走入了周豪明的房間，房間是和式的設計，地上鋪上了榻榻米。

「他就在這裡吃下河豚自殺。」華大叔指著矮小的和式茶几。

空走到茶几前，坐了下來，在茶几上有一本舊式的相簿，在這個數碼時代，已經很少見到這樣的相簿。

空打開了相簿，相簿內放滿了周豪明小時候的相片。

「人在死前，都想回憶一下過去嗎？」空揭到其中一頁停了下來。

相片中的他，大約是中學時期的模樣，在跟一隻牧羊犬合照，不過，有幾張相片被剪掉。

空仔細看，被剪掉的都是一個男人的樣子，如果沒猜錯，應該就是周豪明的父親。

「看來他真的很討厭自己的父親。」野芽說。

空用手機拍下了相片：「不只這樣，我想不只是討厭這麼簡單。」

「不只討厭？」

「是……又愛又恨。」

《當有一天，沒釣到魚也感覺到樂趣，才是真正的享受人生。》

空在周豪明的房屋四處看。

「有清潔過現場嗎？」空看著華大叔。

「應該就沒有了，都說業主不在香港，所以一直保留著周豪明死後的佈置。」華大叔說。

「為什麼……」空看著榻榻米，還有茶几面：「沒有血跡的？」

「我記得死因報告中說，周豪明攝入河豚毒素後，會讓他中樞神經系統麻痺、抽搐，最後呼吸停止死亡。」野芽打開iPad看：「的確沒說會吐血之類的死亡情況。」

「吃下河豚毒不會出現內出血或是吐血……」空在思考著。

「所以他才選擇吃海豚自殺？」華大叔在猜測。

為什麼會有「燒炭自殺」？因為，大多數想自殺的人都希望可以「死得舒服」、「死得好看」、「死得美觀」，所以才會有人發明了燒炭自殺。

但事實是，由於燒炭自殺的直接死因是「一氧化碳」中毒，所以在人體缺氧的狀態之下，自殺者遺體會在短時間內快速腐敗與腫脹。

完全跟「美」這個字不會扯上任何關係。

「華大叔你有看過周豪明死亡時的樣子？」空問。

「對，那天你叫我幫你時，我從夥計的檔案中看了一些有關他的資料。」華大叔說：「他死亡的外表，沒有很大的變化，就像是自然死亡一樣。」

「難道周豪明也想『死得好看』一點？」野芽問。

「這樣想也很正常吧！」華大叔問。

「如果自殺可以『很舒服』，我想會有很多人會選擇死亡……」野芽無奈地說：「世界就會變得非常可怕。」

「的確如此。」空在思考著另一件事，然後他吩咐野芽：「野芽，看看周豪明的家有沒有釣魚的用具。」

「好！我四處找找。」野芽走出了房間。

「空，這次又是怎樣的案件？」華大叔坐在他身邊。

「這次沒有委託人，是我們想調查的自殺案。」空帶點神傷：「大叔，我想知道，為什麼會有人去開辦一個教人自殺的協會？」

「這個我不知道，不過我反而知道，你為什麼要開一間幫助自殺者的調查社。」華大叔說：「多謝你幾年前幫助我太太找出自殺背後的原因。」

「嘿，我只是做我認為對的事罷了。」空說。

「你幫助了我，把我從失去的地獄之中拯救回來。」華大叔說：「所以，我希望你別要被那些什麼自殺協會打敗。」

「才不會！」空自信地說：「無論怎樣說，我才是正義的一方，一定可以揪出那個協會所做的不法行為！」

「我會幫你到底！哈！」華大叔用力拍打空的背部。

「痛呀！大叔！」

就在此時，空突然想到了一個問題：「等等……」

「怎樣了？」

「剛才你好像說得我很偉大，不過，我並不像你所說一樣偉大，因為……」空看整個房間：「我調查是要收錢的！我絕不像你說的這麼偉大！」

華大叔不明白空的意思。

「我們調查社的確是幫助委託人找出自殺者自殺的原因，不過，我們不可能完全義務去幫助任何人！」空站了起來：「同樣的道理，那個『不生存自殺協會』，如果只是教人如何去自殺是不可能的，他們……一定有什麼利益才會建立出這個協會！」

「你的意思是……」

「如果沒有猜錯，我可能已經找到他們協會的真正『目的』！」空大叫：「野芽！」

「在！」她走回房間：「我找到了魚杆與放魚的箱子！」

「幫我找一個人！」

「誰？」

空在她耳邊說。

「我想，我快要找到『答案』了！」

《如果沒有痛楚，會有更多人痛苦。》

九龍塘筆架山林肯道某豪宅。

許茹繪與谷宇馳來到了周豪明家人居住的豪宅，他們正在會客室內等候。

「我看過資料，這豪宅有六千呎，連花園、平台、露台、泳池等等。」宇馳輕聲在繪的耳邊說：「目前市價接近港幣九億元，月供一百七十四萬元！」

「這些資料你看來做什麼？」繪喝下了紅茶：「我們一輩子也沒可能住在這裡。」

「我想他們的工人房也比我住的單位還要大！」宇馳看著那個大泳池。

「房間大又如何？有很多事不能用錢來衡量。」繪說：「我問你，如果給你選擇，你寧願要住在這豪宅，還是想妹妹死而復生？」

「當然是後者！」宇馳說：「如果宇蔡可以回來，我寧願一世住劏房！」

「那就是了。」繪放下了那隻價值三千元的茶杯：「錢可以買到很多東西，不過，有很多東西不能用錢來衡量。」

此時，一個衣著光鮮的中年女人走入了會客室，一身珠寶也不及皮膚光滑令人羨慕，使她看起來比實際年輕，身後還有一個管家與兩個工人跟著。

「你好，你們叫我周太吧。」女人禮貌地伸出手。

「你好，周太。」繪跟她握手：「謝謝妳在百忙之中抽空會見我們。」

繪的笑容很真誠，來見這些有頭有面的人，她是最適合的人選。

這位周太，就是周豪明的媽媽。

「橋叔，你跟工人先出去吧。」周太說。

「夫人，這樣……」橋管家有點擔心。

「放心吧，我有分寸。」

「那好吧，我們先走了。」橋管家說：「夫人有什麼吩咐，立即可以叫我。」

周太點頭，然後他們離開了會客室。

「請問……」

宇馳正想說話時，周太阻止了他：「你們不會是記者嗎？老實說，我先生跟警方的高層很熟悉，如果是這方面的調查，恕我沒法跟你們聊了。」

「不，周太我們不是記者，發給妳的郵件之中已經說明了，我們是『自殺調查社』的職員。」繪禮貌地說：「我們只想調查你兒子自殺的真正原因，而且絕不會向其他媒體披露調查的內容。」

周太聽到兒子自殺的事，難免有一份痛苦：「或者，我寧願向全世界披露。」

繪跟宇馳對望了一眼，他們知道周太應該有很多內心的說話，不足為外人道。

「是誰委託你們調查我兒子的事？」她問。

「他的朋友。」繪把金翠南的相片給她看：「周豪明的男朋友。」

金翠南當然不是周豪明的男友，繪在說謊，不過，他們不能說是自己調查社調查。

「是豪明的男朋友嗎？」周太點起了香煙，吐出煙圈說：「看來，別人比我們更重視我的兒子。」

「我們知道周豪明在十年前已經跟你先生斷絕了父子關係，我們想知道是什麼原因？」繪直接地問：「我們聽說過是因為周豪明帶了男生回家吃飯，不過，我想這原因未必可以導致這麼嚴重的後果。」

為什麼繪會直接地問？

因為收到電郵後，周太沒有拒絕他們到訪，再加上「我寧願向全世界披露」這句說話，繪知道根本不用轉彎抹角。

「因為，豪明的父親……」周太的眼神帶點悲哀：「殺死了豪明的狗。」

《能夠用錢買到的，不會是最重要的東西。》

十年前。

林肯道大宅。

當年的周豪明剛好十八歲成年。

「你這賤種！還要繼續落我面嗎？」帶醉意的周錦憤怒地說：「剛才飯局你知道幾個叔伯兄弟用什麼眼光看我？」

周豪明低下了頭沒有說話，周錦就是周豪明的父親。

兩小時前，周豪明帶同了男朋友參加飯局，當然，這大家族絕對不認同男性戀的關係。

「錦，算了吧，豪明不會有下次。」周太替兒子說話。

周太的說話，換來的是一個巴掌！

「別要打媽媽！」周豪明扶著媽媽：「不是她的錯！」

「不是她錯！是你們兩個的錯！媽的！都是賤種！」周錦非常憤怒。

「為什麼是我錯？為什麼我不能喜歡男人？！」年少氣盛的周豪明反駁。

「你還敢駁嘴？！」

此時，周豪明養了十多年的牧羊犬大MAN，感受到主人的情緒，想走到主人身邊。

周錦看到了大MAN，更加怒氣沖天！

「都是妳！為什麼要買隻狗公給他？現在讓他不男不女！」周錦在桌上隨手拿起了一個名酒瓶：「畜生！我打死你！」

「不要！」周豪明說。

他重重打在大MAN身上，大MAN痛苦地大叫，牠完全沒有攻擊周錦的意欲，只是立即逃走！

「媽的！畜生別走！我打死你！」周錦大喝。

大MAN非常驚慌，牠跳過了沙發，下一秒……悲劇發生。

因為大MAN已經是十多歲的老狗，而且牠非常驚慌，牠不小心滑倒掉在一張全玻璃的茶几之上，大MAN體重不輕，玻璃立即破裂！

更不幸地，其中一塊破裂的大玻璃正好插入了大MAN的喉嚨之中！

「大MAN！」

周豪明大叫，飛奔到玻璃茶几的位置，大MAN的毛已經染成了鮮紅色，牠痛苦地低嗚，已經奄奄一息。

周豪明用力地擁抱著大MAN，直至牠……

再沒有呼吸。

「畜生！別要死在這裡！弄髒我的地方！畜生！」周錦一點悔意也沒有。

全場的工人與管家，沒有一個人敢說出一句說話。

周豪明用一生中最憤恨的眼神看著他的父親！

「從今以後，你再不是我父親！」

從那天開始，周豪明離開了這所其他人夢寐以求入住的豪宅。

從那天開始，周錦與周豪明，再沒有任何的關係。

從那天開始，周豪明開始了他的「第二人生」。

在周家，再沒有任何一個人敢提起周豪明的名字，包括……

他的親生母親。

十年後，沒有親人參加周豪明的喪禮，無論是工人、管家、親戚，甚至是他的媽媽，

他們都知道，誰去接觸周豪明就是跟周錦過不去。

就算死了，也不讓他們去接觸這個已經斷絕關係的兒子。

每個人都是為了自己的利益而生活下去。

很悲哀？

不，不只是周錦這個大家族，而是在這個社會，我們每一個人，都是為了自己的利益生活下去。

「忍氣吞聲」地生活下去。

就好像某些「沒有可疑」的案件一樣，每一個人為了自己的私利，當是「什麼也看不到」，明明是充滿「可疑」，卻沒有人敢說出來。

是自己跳海自殺？

是自己服毒自殺？

就算是明知有「可疑」，也沒法打敗那些說「沒可疑」的「權威」。

這就是我們所生存的……

「可怕社會」。

《最可怕的社會，就是明知是錯，卻再沒有人敢說出半句。》

會客室內。

「當時，我根本不知道要如何處理……」周太的眼淚不禁流下：「我只能看著豪明離開這個家。」

「周太，不是妳的錯。」繪遞上了紙巾。

「或者，錦說得對，我不買大MAN給豪明，豪明就不會有這樣的下場，都是我的錯……」周太痛苦地哽咽。

「不，也不是那隻狗的問題，是妳先生有問題，他才是畜生！」宇馳已經沒法阻止自己的怒火。

「宇馳！」繪輕踏宇馳的腳：「對不起，周太，他只是一時氣上心頭。」

周太不知道給他們什麼反應，只是用淚眼看著他們。

或者，一直埋藏的說話，只能向陌生人說出來。

「事件發生後，妳有沒有跟豪明見面？」繪想快點把周太腦中的畫面帶離。

「我們……一年也會見面一兩次，當然，我先生不知道。」周太說：「其實，我也很想去豪明的喪禮，不過，我沒法離開。」

「因為周生阻止？」繪問。

她連說也不敢說出來，只能點頭。

「如果妳真的很愛自己的兒子，妳根本不需要理會他阻不阻止妳！」宇馳更加生氣。

「如果我去了，有可能會被傳媒拍到，也會被人認出我！」周太有點失控。

「哈！妳知道自己在說什麼？妳真的是他媽媽？為什麼要怕這些？周豪明是妳的兒子！」宇馳搖頭，更加大聲地說：「或者妳不想見他最後一面，不過，他死了也想見妳最後一面！見一個把他生下來的女人一面！」

因為宇馳聲音太大，在外的管家立即走了進來！

「夫人，發生什麼事？」管家立即走到她身邊。

「沒事。」周太抹去眼淚。

「看來這次會面要終止了。」管家嚴肅地看著他們。

「周太，最後我想問妳一個問題。」繪說。

她點頭。

「夫人……」管家看著她。

「沒問題的。」她說。

「妳要知道，我們是來幫助你兒子找出自殺的真相，才會讓妳回憶起過去不快的回憶。」繪先說出衷心的說話：「我想知道，妳覺得他的死跟你們家族有關係嗎？」

周太沒有說話。

「夠了，你們太過分了，豪明才死了不久，你們還要讓夫人痛苦嗎？」管家認真地說。

「我的意思不是你們害死了周豪明，而是想說，一直以來所發生的事，都讓他沒法放下，所以才會選擇了自殺，妳覺得是這樣嗎？」繪沒理會管家。

「好了！請你們立即離開！」管家大喝。

周太用手阻止了管家走前：「我不完全清楚豪明這十年生活得如何，不過，我覺得他還未放下過去，他的死，也許就是因為我們的家族。」

「明白了，謝謝你的回答。」繪說。

「你們快離開！」管家再次怒斥。

繪與宇馳離開了大宅，在回程的車上。

「駛慢一點。」繪說。

「知道了，我才不會因為憤怒釀成交通意外。」宇馳說。

「不是，我是想在車程中組織一下，你慢慢駛。」繪拿出了寫筆記簿在寫著。

「哈，以前妳跟空一起調查時，也是這樣寫筆記嗎？」宇馳說：「不過這次見面，好像沒得到很多的資料。」

「你錯了，有些事已經很明顯。」繪認真地看著自己抄寫下來的內容。

「明顯？妳說的是什麼？」宇馳不明白。

「剛才你罵得好。」繪說：「我來問你一個問題，一個連兒子的喪禮也不去，怕會影響家族的人，為什麼……」

「為什麼會跟我們說出這麼多事？！」宇馳想到了。

「對，看來……周太正是想跟我們說出什麼呢。」

《你願意用自己的自由，去換取安定的生活嗎？》

自殺調查社。

「圓圓，為什麼大家都出去調查了，妳還留在調查社？」現在住在調查社的尾崎奈問。

「不就是因為妳吧。」圓圓在敲打著電腦。

「因為我？」

「空要找一個人跟在妳身邊。」圓圓說：「今天到我了。」

「為什麼要這樣做？我又不是小朋友！」奈奈有點生氣：「又是因為那封信與相片？」

「不然妳又為什麼會被叫回來調查社住呢？」

「其實我也想來調查社了解一下你們查案的過程，而且我也跟哥很久沒一起住了，我才會願意搬進來！才不是怕什麼相片！」奈奈托著頭說：「白痴空！」

「他的確是白痴，不過他很關心妳。說實話，我也沒法廿四小時看緊妳，妳又不是三歲小孩。」圓圓看著螢光幕：「我留下來是因為還有其他工作要做。」

「是什麼？」奈奈看著螢光幕畫面：「嘩！圓圓妳壞了！怎樣會看這些上身沒穿衣的大隻佬？」

「才不是，這是同性戀的交友網。」圓圓說。

「現在的帥哥都是gay的嗎？超靚仔！」奈奈看著其中一張滿身肌肉男生的相片。

圓圓再找過金翠南，知道了周豪明曾有一位男朋友是在這個交友網認識的，野芽已經破解了交友網的隱藏功能，現在，圓圓正在找他們的聊天紀錄。

「奈奈，我在工作，妳可以到其他地方嗎？」圓圓說。

「不！我也想跟妳一起查案！」她說。

「好吧，不過，無論妳看到什麼，也別要跟其他人說出來。」

「當然！我知道規矩！」

她們進入了兩人的聊天紀錄，對於交友方面，周豪明沒有用其他大眾的通訊App，比如WhatsApp，Line，或者，他不想把聊天紀錄留下，所以當空他們最初調查時，沒有發現這個「男朋友」。

不過，因為金翠南的關係，他們得到了警方也沒發現的線索──「交友網」。不，應該說，警方發現是自殺案後，根本沒有用心去調查，判定了死因是「自殺」就完事了。

她們兩人一直看著留言，除了是調情的內容以外，還有「更不為人知」的內容，她們首先是瞪大雙眼，然後是目瞪口呆……

已經沒法看下去。

「不行！我要吐了！」奈奈立即衝向洗手間。

圓圓還在看著她根本不能接受的內容，汗水滴在鍵盤之上。

「或者，這就是周豪明……自殺的原因。」圓圓看不下去，合上了眼睛。

「呀！！！」

奈奈在洗手間大叫，圓圓立即走到洗手間！

「發生什麼事？」

圓圓只見奈奈坐在地上，地上還有她的手機。

她的手機畫面中，出現了比交友網看到的更可怕內容。

「是誰發給妳的？」

「我不知道……我不認識的號碼！」奈奈把手機拿起。

圓圓不斷搖頭，心知不妙，她知道這不只是惡作劇這麼簡單。

究竟，她們看到了什麼？

《有些關心說話是很白痴的，但我們都需要這些說話。》

Suicide Association | 不准存自閉協會

CASE
FOUR

Suicide Association

不生存自殺協會

我心中尚未崩壞的地方

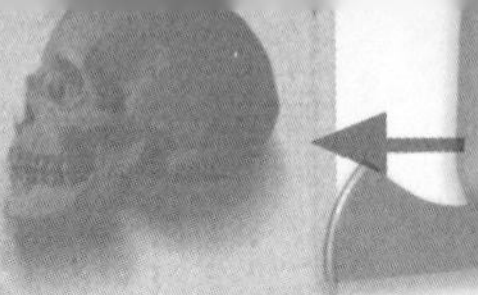

CASE FOUR

Suicide Association

不生存自殺協會

我心中尚未崩壞的地方 01

「如何才能夠把一個人……迫上絕路？」

有兩個字，最能夠把一個人迫上絕路，這兩個字叫……

「秘密」

你有不為人知的秘密嗎？

每個人都有沒法說出口的秘密，你身邊的同學曾經殺過人，你會知道？你身邊的同事曾經性侵犯未成年的兒童，你會知道？

反過來說。

你曾經偷過錢，你會跟別人說嗎？

你曾經在車廂內偷拍別人的裙底，你會跟別人說嗎？

你曾經找過偷拍裙底的影片來看，你會跟別人說嗎？

你曾經看過那些變態的四級片，你會跟別人說嗎？

你曾經自慰得很興奮，你會跟別人說嗎？

你曾經去過嫖妓，你會跟別人說嗎？

你曾經殺死過動物，如貓、狗等寵物，你會跟別人說嗎？

你曾經性侵犯未成年的兒童，你會跟別人說嗎？

你曾經殺死過人，你……

會跟別人說嗎？

每個人都有不為人知的「秘密」，絕對不會告訴別人的秘密。

正因為如此，這些秘密是最「危險」的，是可以摧毀一個人最好的方法。

當這個「人類的弱點」出現以後，最有效把人迫向絕路的方法是……

「消極暗示」(Negative Suggestion)。

消極暗示，即是要你「不要」做什麼，而不是要你「做」什麼的建議，對於一些孩童時期有不幸經歷的人來說，被影響的效果更大。

舉個例子，某父母跟親友說自己的小孩子不喜歡吃菜，這種說法就好像在暗示給兒子「菜不好吃」，其實等於「教導」孩子挑食。

「他不喜歡多人的地方。」

「他很膽小，不跟別人打招呼。」

「他很害怕跌倒。」

「他總是說謊，不說真話。」

在每每的潛移默化之下，那個孤僻、不愛社交、自卑、被挫敗感折磨、總是說謊，「反社會人格」的人，就這樣出現了。

「消極暗示」是改變一個人最可怕的方法，因為，我們根本不知道自己正在被「改造」。

而這個方法，就是「他」最喜歡使用的方法。

櫻花樹最喜歡使用的方法。

……

…

·

一個多月前。

周豪明的單位內。

他坐在一張木椅子上，在他身後，是櫻花樹。

「如果我是你，我應該會偷偷地躲起來。」櫻花樹在他的耳邊說。

周豪明沒有任何反應，只是失去焦點地看著前方。

「不，不會躲起來，或者我寧願……」櫻花樹微笑說：「死了會更好。」

周豪明的瞳孔放大，汗水從頰上流下來。

「我有方法，可以讓人死得沒這麼痛苦。」櫻花樹說：「如果你想，我可以介紹給你。」

在這一個時代，或者，要殺一個人根本不需要手槍又或是其他的武器……

只要有「秘密」，還有會說話的「嘴」，就可以用最簡單的方法，讓一個人死去。

「人言」就是世界上最可怕的武器。

「有……有什麼方法？」周豪明終於說話。

櫻花樹愉快地說出了兩個字。

「河豚。」

《如果你也有一個絕對不能告訴別人的秘密，你就明白為什麼秘密能摧毀人生。》

一星期後。

自殺調查社。

我收到了拜託朋友調查「成分」的結果，我的想法被證實了。

終於，得到答案了。

周豪明自殺的真正原因。

「哥，你還未睡嗎？三點半了。」奈奈坐到沙發上，坐在我的身邊。

「還未，妳也住了一兩星期，還不知道我每晚也要工作嗎？」我放下了手上的資料。

「我知道，不過就是想聽你親口說。」奈奈的頭依靠在我的肩膊上，我嗅到她的髮香：「我們兩兄妹也很久沒認真聊天了。」

「嘿，妳想聊什麼？認識了新男朋友？」我苦笑。
「你還敢說！你來說說看，在我中學時代，你趕走了我多少個男朋友？」奈奈說。
「所以之後我就答應妳不管妳了。」我說。
「謝謝你這些年來，這麼辛苦照顧我。」奈奈突然變得感性。
「嘿，謝謝我？看來妳一定想要錢，要多少？」我笑說。
「笨蛋空！我才不是要錢！」奈奈用力打了一下在我的胸：「我自己懂賺錢，才不需要你的錢！」
「我只是想起，沒有父母的我們，能夠像現在一樣，已經是很幸福的事。」奈奈說。
在我六歲時，媽媽自殺死去，奈奈當年只有一歲，慶幸，當時細姨把我們收養，細姨丈是商人，生活無憂，他們就像父母一樣照顧我們。
在奈奈十八歲那年，他們夫妻決定了移民英國，當然他們有問過我跟奈奈要不要一起去，不過，我們都決定了留在香港，而且我們都長大了，不想再給他們添更多的麻煩。

奈奈本來住的地方，都是細姨他們留給我們的，她說無論如何，也要留「一個家」給我們。

「你有跟細姨聯絡嗎？」我問。

「當然有！只是你這個大忙人不去聯絡他們吧！」奈奈說：「細姨經常提到你，問長問短的，很關心你！」

「嘿，我改天就打給她吧。」我說。

其實，我不是不想聯絡她，但當我見到細姨時總是會回憶起從前，所以我不想在工作時被影響，才不經常聯絡她。

「哥，你有沒有什麼不能告訴我的秘密？有關我們家的事。」奈奈突然問。

我看著她：「為什麼這樣問？」

「沒有，只是想知道，你好像總是有很多秘密似的。」

沒錯，奈奈不知媽媽是自殺死去，我只跟她說因為交通意外死去，調查社的人一早已經知道，所以他們不會提到媽媽自殺的事。

「好吧，妳已經長大了，這個秘密妳應該能夠接受到。」我認真了起來。

「真的有嗎？我可以接受到的！快說！」

我嘆了口氣，用手指指著她。

「其實，妳三歲時還經常尿床，我要替妳換床單，超麻煩的！」我笑說。

「什麼？不會吧！我才不會三歲還尿床！」奈奈生氣地說：「你說的秘密就是這個？」

「不然妳想聽什麼秘密？」

我當然不會告訴奈奈媽媽的真正死因，有些真相，寧願一世也不知道。

有些秘密，寧願一世也守著。

不告訴奈奈的原因，是我覺得，要讓她心中留下一個「尚未崩壞的地方」，不能破壞媽媽在她心中的形象。

「其實我想知道媽媽是一個怎樣的人？」奈奈再次依靠在我的肩膀。

「我已經說過一千萬次了。」

「我知道，不過就是想聽你親口說。」

這句說話，她已經說過一次，我明白她的感受。

「她是世界上最溫柔的女人……」

我又再次說出，那個跟奈奈說過無數次，有關我與媽媽的故事。

《有些原則，就是一世要也守著的秘密。》

第二天早上。

我們自殺調查社全員到齊，還有金翠南與杜強，是我叫他們來聽最後的調查結果，當然，奈奈也在。

「妳弄的早餐太好吃了！」女性打扮的金翠南高興地說。

「對！太好吃了！看來我在偵探社弄個廚房也不錯！」杜強吃到摸著肚皮。

「哈哈！這是奈奈獨門法式早餐，當然好吃！」奈奈自信地說：「有廚房也沒用，你沒有像我這樣的大廚在，根本就是浪費了廚房！」

奈奈有一種「特殊能力」，就是跟何任人都可以快速混熟。

「快教我！是怎樣煮的！」

「你先跟我說你的唇膏在哪裡買的？我很喜歡你這種紅！」

「紅色就紅色吧，有什麼分別？」宇馳問。

「女人的唇膏是一種學問，你不懂的了。」繪說。

「其實我也不太懂。」圓圓說。

「因為妳是一個宅女，不知道很正常，哈哈！」野芽說。

一發不可收拾。

只要有一個話題，無論任何話題，他們這班人就可以滔滔不絕。

「咳咳！」我咳了兩聲：「好了！早餐吃完了，我們就開始解釋調查的結果。」

「那我也去上班了！」奈奈說：「金翠，我們下次再約出來再聊吧！」

「沒問題！可愛的美少女，下次我教妳如何用身體去馴服男人！」金翠南說。

「咳咳。」我咳了兩聲：「快上班去吧，遲到了！」

「大家再見！」

奈奈離開後，我們正式開始解釋。

「尾崎空，我先說明一下，謝謝你邀請我來，不過，我想說我跟周豪明自殺的事完全無關。」杜強說：「我只是想知道你們調查到怎樣的真相。」

「我也是！」金翠南說：「我的確是鑾喜歡明明，他的死我也覺得很可惜，不過，我跟他的死完全扯不上關係。」

「放心吧，我是知道你們無關才叫你來，我不會像金田一那樣，叫了一堆人來，說什麼『兇手就在我們之內』。」我解釋完，跟野芽說：「可以開始了。」

「好！」

野芽關上了燈，投射螢幕出現了周豪明的相片，在相片下方有非常多的分支線。

「周豪明的確是自殺死去，不過，卻是被『誘導』，甚至是『威迫』，導致他最後選擇了結自己的生命。」我走到投射螢幕前：「而做出這行為的組織，就是『不生存自殺協會』。」

「不生存自殺協會？是什麼東西？」金翠南問。

「最初，我們第一次見周豪明時，就是因為他說想跟我們合作接受『不生存自殺協會』的挑戰，當然，他只是以個人名義，跟『令箭偵探社』完全無關。」

「沒錯。」杜強點頭。

「奇怪的是，在我們見面時，周豪明充滿自信，一點也沒有自殺的意向，為什麼會在數星期後，死於自己的單位，而且是吃下瀧汶河豚自殺呢？」我說：「一個人，要在短時間之內由充滿自信，變成了一個會自殺的人，不是簡單的事。為什麼會這樣？因為這自殺案涉及到我們的調查社，所以我們決定了調查周豪明自殺的原因。」

我看著圓圓，讓她接力說下去。

「我們追查不同的線索，跟周豪明有關的人，當然包括了你們，最後知道了周豪明的死，是跟他已經斷絕關係的家族有關。」圓圓說。

「他們叫明明自殺？」金翠南驚訝。

「不能夠這樣說，不過，可以說成是『間接』。」繪說。

我把整理好的整件事件通通告訴他們。

首先，那個「T」，如果沒猜錯，就是「Tree」，代表了跟我們有關的人……櫻花樹。

他就是讓周豪明自殺的**罪魁禍首。**

《要一個人瞬間改變的方法，你先要有周詳的計劃。》

圓圓在同性戀交友網中，找到了周豪明的伴侶，從他們的聊天記錄中找到一條影片，那條影片就是當年在周豪明家中拍到他父親間接害死了牧羊狗的影片。

我已經問過，周錦是一個不會相信任何人的男人，他在家中不同位置一直都安裝了閉路電視去監視家中的工人，甚至是……家人。

他應該沒想到自己要安裝的閉路電視，竟然成為了幾乎可以把他弄得身敗名裂的「罪證」。當然，一條影片根本不會把他「定罪」，不過，在這個網絡時代，就算沒有法律把他定罪，如果虐畜影片流出，周錦的行為會被網上公審，同樣會身敗名裂。這麼要面子的他，絕不容許這事情發生。

「周豪明擁有這影片，代表了什麼？」我看著同樣是偵探的杜強。

杜強與金翠南已經知道他是周錦的兒子。

「他可以威脅老爸給他錢，不然就把影片公諸於世！」杜強說：「等等，這樣跟周豪明自殺有什麼關係？」

「不，正好相反，他其實一直保護著他的父親。」我搖頭：「至於有什麼關係，請聽下去。」

為什麼周豪明會有這段影片？

因為「有人」把影片給他，就像杜強所說，可以在未來日子用來威脅他父親要錢，不過，十年來，周豪明從來也沒有這樣做過。

「一星期前，我們去過周錦的大宅，接觸過他的太太。」繪說：「他太太把誤殺牧羊狗的事告訴我們了。」

「這又有什麼問題？」金翠南問。

「這些事，真的可以這麼輕易告訴別人？」我問：「雖然我們已經表明了身分，不過就算我們不是傳媒，也不會把這個『重要』的秘密告訴我們吧？」

「的確是！」金翠南說。

「然後，我們就從這方面開始調查。」我繼續說。

繪跟我說，那天管家有一點奇怪，因為當時他叫周太太做夫人，卻直呼周豪明的名字，而不是少爺之類的稱謂。就著這一個疑點，我跟圓圓單獨找那個管家橋叔查問。

最初他當然什麼也不說，不過，當我們說出了影片的事，他的面色一沉，我們大概已經知道，影片是跟他有關。

「我們最後問出了，影片是管家橋叔給周豪明的，因為他已經在這個周宅多年，太清楚這個家的秘密，同時，最討厭就是他的僱主，管家看不過眼，決定了把影片交給了他由細照顧到大的周豪明，希望他可以用來敲詐周錦。」圓圓說。

「明明仔絕對不是這種人！」金翠南說：「我們也認識了很多年，我知道他不會這樣做！」

「你說得沒錯，不過，如果其他人得到這條片呢？」我說。

「當然可以用來敲詐！」杜強想了一想：「等等，如果豪明不會這樣做，卻有人用這個方法威脅他……」

「杜強，看來你也猜到了。」我說：「其實，周豪明已經一早原諒了父親，但他知道周錦根本不想見他，所以才一直沒有聯絡他。」

「T」得到了影片，然後威脅周豪明。周豪明不幸的經歷，使他內心非常脆弱，「T」就是利用了這一點，用「消極暗示」的方法，把周豪明……

逼、進、了、絕、路！

《原諒一個人，要讓被原諒的人知道嗎？》

「『T』可能跟周豪明說，如果他不存在，這段影片或者也會從此在世界上消失，他的痛苦經歷也會永遠消失；但如果他還存在於世上，他的家族與他的父親將會得到災難性的影響。」我跟他們說：「『T』利用這種消極暗示的方法，完全影響了他的思考。」

「你又怎知道豪明會為了父親去自殺？畢竟周錦也間接殺了他最深愛的狗。」杜強想到這一點：「或者，豪明只是原諒他，但未必會做到了結生命這個地步。」

「不，明明仔還是很愛這個家的！」金翠南神情痛苦地說：「他經常跟我說，如果他讓家族身敗名裂，他寧願去死。或者明明仔不喜歡自己的父親，不過，周家的工人、管家，還有媽媽，都是他最重視的人，他不想這樣就毀了這一個家。」

一直以來，周豪明沒有一秒想破壞這個家庭，反而，他覺得自己的離開，才是對周家最好的，他更不想摧毀了周錦的名譽與地位。

或者，每個人都有屬於自己痛苦的過去，不過，每個人心中，還有尚未崩壞的地方。

「明白了。」杜強說：「從前我總是覺得豪明性格很古怪，看來我一直也小看了他。」

「明明仔真的是一個好男人。」金翠南抹去流下的眼淚：「可惜英年早逝。」

「好了，這就是周豪明真正自殺的原因，謝謝你們兩位到來，就像送他最後一程。」我說。

「那個『不生存自殺協會』呢？」杜強追問：「你們調查到什麼？」

「那些是我們自殺調查社的事，我們會處理。」圓圓說。

「至少你們跟我說吧，吃河豚自殺都是他們教豪明？」杜強問。

我跟圓圓對望了一眼，我點頭。

「對，都是『不生存自殺協會』的所為。」圓圓說：「而且我們已經知道是誰在背後計劃這件事。」

「為什麼不報警？」金翠南問：「至少幫明明仔討回一個公道！」

「因為，暫時我們沒有證據。」宇馳說：「直至現在，那個他媽的協會隱藏得非常好，就像不存在一樣！」

任何人協助、教唆、慫使與促致他人自殺或進行自殺企圖，都屬「協同自殺」，不過，如果要提出起訴，先要有充分的證據，現在我們手上所得到的資料都非常少。

「協同自殺，一經定罪最高可監禁十四年！」杜強也了解：「空，你們一定要找出那個協會背後的人，有什麼需要幫手，找我們偵探社！」

「你不是說不想扯上任何關係？」我暗笑。

「我是說我跟周豪明的死沒有任何關係，不過，如果要對付那個協會，我會參與！」

杜強說：「老實說，看到你們調查社這麼團結，而且空你上次問我的幾個問題，我自己也再細心想過，總之，你們有什麼需要，找我杜強！找我『令箭偵探社』吧！」

我上次跟他說的話？

我們團結嗎？嘿。

我們五個人被讚揚後，互相對望苦笑了。

「先謝謝你，放心吧老杜，我們有需要就找你！」

……

…

.

他們聽完解釋後各自散去，自殺調查社又回到我們五個人的組合，不，平常應該是四個人，繪只是半個調查員，她也為了這案件付出了很多。

「好了，準備好一切，兩個小時後大家分組出發吧。」我說。

他們點頭。

「空，你真的不需要我跟你一起去？」宇馳問：「你那邊可能會有危險。」

「不，你跟繪去吧，那邊也很重要。」我說：「而且我覺得他只想跟我見面。」

此時，圓圓用奇怪的眼神看著我。

「怎樣了？」

「沒有，只是想跟你說要小心『他』。」

「沒問題的，你老闆我有什麼沒面對過呢？」我跟她單單眼，然後對著繪說：「妳已經準備好了？」

她點點頭笑說：「沒問題的，你前度我有什麼沒面對過呢？」

嘿，學我說話。

好吧，接下來的才是……

「真正的答案」。

我們不是已經跟杜強與金翠南說出了周豪明自殺的原因？

對，的確是說了，不過，那不是**「事實的全部」**。

有些事，不能讓他們知道。

現在，才是真正的解答時間。

《教唆你傷害自己的人，只是想摧毀你的人生。》

7e
84
82aa
7d
Ambleside
706
70e

CASE
FOUR

Suicide Association

不生存自殺協會

你不是真正的快樂

你不是真正的快樂 01

筆架山周家大宅。

許茹繪與谷宇馳正在會客室等待。

「沒想到又再來了。」宇馳說：「不過心情已經完全不同。」

「的確是。」繪說：「你記得別要像上次一樣衝動。」

「知道了！」宇馳說：「全都交給妳！」

此時，秘書打開了會客室的門，一個男人走了進來，他就是周錦。

「不是我太太說要跟你們見面，我才不會來。」他樣子嚴肅：「你們有兩分鐘時間。」

周錦第一句說話已經表現出他的性格與態度。

「只得兩分鐘？」繪微笑：「那條片也不只兩分鐘吧。」

周錦眼神鋒利地看著她：「Mandy妳先出去，關門，什麼人也不能進來。」

「是。」

秘書走出門後，周錦坐了下來：「要多少錢，說吧。」

「為什麼你覺得我們是來要錢？」宇馳聽到他的語氣，不禁生氣。

「宇馳。」繪拍拍他的大腿，示意他收聲，然後對著周錦說：「我們不是來跟你要錢，而是把真相告訴你。」

「什麼真相？」

「你兒子周豪明死去的真相。」繪收起了笑容。

「他不是我兒子，而且我不想知道什麼真相！」周錦說完，立即站起來。

「你真的不想知道？」宇馳把手機放在桌上，正播放著一段影片。

周錦瞪大了雙眼，憤怒地說：「你們想怎樣？」

他們沒有說話，只是讓影片繼續播放，直播出現了呻吟的聲音。

「夠了！」周錦一手拿起了宇馳的舊手機，擲向牆上，手機立刻被解體！

一段周錦間接殺死牧羊犬的影片，會讓他這麼憤怒？

周錦會因為這段影片流出，可能令自己身敗名裂而害怕？

不，不可能。

空跟金翠南與杜強說出的，是另一個「版本」，而真正可以讓周豪明自殺的，不是那段影片，而是……**另一條**。

一條正常人完全沒法接受的影片。

周豪明跟牧羊犬大MAN正在……

「性交」的影片。

為什麼周錦說周豪明養了大MAN後，會變成了現在這樣？

為什麼周錦這麼痛恨那頭牧羊犬？

為什麼周錦會跟周豪明斷絕父子的關係？

為什麼周錦會怕身敗名裂？

一切，也是因為這一條沒有正常人可以接受的影片。

「或者，你很討厭自己的兒子，為什麼會做出這樣的事，不過你知道嗎？他是為了你，才選擇了結自己的生命。」繪認真地說：「有人用這條片，威脅、引導他自殺，不然，那個人就會公開這段正常人不能接受的影片，把你牽連在內！」

「不可能！這個不肖子不會為了我而這樣做！他只是怕影片被公開後，自己會沒面見人！」周錦非常憤怒。

「你到現在還不明白？周豪明根本不怕自己沒面子。」繪跟宇馳點頭：**「而是怕你沒面子！」**

宇馳在手機發了一個訊息：「進來吧。」

會客室的大門打開。

「妳入來幹嘛？快出去！」周錦大喝。

周太太走進了會客房。

《有些固執的人，永遠不值得知道真相。》

繪走到周太太的身邊，溫柔地搭在她的肩膀上。

周太太的眼淚不禁流下：「豪明不是為了自己！他是為了你才會自殺！」

三十年的婚姻生活，周太太一直不敢對周錦說出半句逆意的說話，這是她第一次說出她心中的感受。

「妳是瘋了嗎？」周錦說。

「我沒有瘋！這十年來，我一直也有跟豪明聯絡，我知道他一早已經原諒了你，他不敢回來都是因為怕你不喜歡，怕會拖累這個家！」周太太聲淚俱下：「他很後悔做了那件事，不過，當時他年齡還小，根本什麼也不懂！」

周太太最初也不知道周豪明被威脅，不過，當繪跟他們說出了真相，她決定了為自己的兒子站出來。

真正的站在兒子的前方，保護他！

「別說了！妳在說謊！」

「我沒有說謊！從小到大你根本沒愛過豪明！」周太太激動地說：「當你知道他是同性戀，你就一直討厭他！他完全沒有怪責你，你還要怪責他？」

「妳……」周錦語窒。

「每個人都做錯過事，我相信你也有不少不為人知的秘密吧？這樣就不值得原諒？」

宇馳也按捺不住：「家人出現問題，不是要把他趕走，而是一起去面對，身為父親的你，又做過什麼？」

「你懂什麼！這是我的家事！」

「同性戀不是你的家事吧？喜歡一個人，無論對方是男還是女，根本就沒有錯。」繪走到周錦面前：「你在怪責周豪明不像你一樣是一個正常人？不，你才不正常，你不懂得什麼是愛。喜歡男生的周豪明，比你更懂得什麼是愛，至少，他會為了自己深愛的家人去著想。」

周錦沒法再反駁。

他沒有反駁的原因，是已經想不到怎樣反駁？還是……

於心有愧？

「自殺是大錯得錯的事。」繪雙眼也泛起了淚光：「不過，他寧願顧及你的面子，周豪明這樣做，其實比自殺更錯！現在你欠他一句『道歉』！」

「妳……妳說什麼？！」周錦的汗水流下。

「聽不明白嗎？你不是向我們，而是向你的兒子，在天上的周豪明道歉！」宇馳說。

「為什麼我要道歉？為什麼我要聽你們胡說八道？明明就是豪明怕被發現這些不見得人的事才自殺，根本不關我的事！」周錦還在逃避。

「不關你的事嗎？那現在我就把這段影片傳給所有傳媒。」繪拿出了手機：「反正周豪明已經死了，他還要什麼面子呢？」

繪在手機上按著。

「等等！不要！」周錦大叫喝止她。

繪的眼神比誰更銳利，她緊盯著已經不敢正視他的周錦！

她字字鏗鏘地說。

「現在，是你怕會丟面？還、是、他？」

氣氛完全改變，繪把本來氣焰的周錦完全地壓下！

周錦低下了頭，全場也靜了下來。

「對不起。」

「沒有聽到，你說什麼？」繪搖頭說：「你是跟誰說對不起？」

「周豪明，我的兒子，對不起！」

周錦用盡全身的力氣，吐出這一句說話。

他是怕繪會把這個秘密揭發給傳媒？還是他真的於心有愧？

沒有人會知道。

不過，在天上的周豪明終於聽到了……

來自父親的一句「對不起」。

什麼是「真正的快樂」？

《對不起，就算已經不存在，也值得聽到一句對不起。》

晚上，馬料水公眾碼頭。

「我們，又再見面了。」他走向了尾崎空。

「我發這麼多次訊息給你才出現，真不給面子。」空坐在欄杆上，看著漆黑一片的大海：「怎樣說我也曾經偵破了你委託的案件。」

「你是不是有什麼誤會？」他走向空身邊一起看海：「是我給你們調查線索才破案，而不是你偵破。」

「是嗎？」空苦笑：「看來，我一直相信的人，終於要表明身分了。」

「讓我真正來一次自我介紹吧，我是『不生存自殺協會』的成員，我叫……」他有禮地說：「櫻花樹。」

「這也是你計劃的一部分？」空回頭看著他：「嘿，我這樣問都覺得自己多餘。」

WhatsApp的「T」一直在拒絕見面，為什麼這次櫻花樹會跟空見面？

一切都是「劇本」。

在周豪明家中，野芽找到了魚杆與放魚的箱子，箱子裡有一組八位數字，空在手機通訊錄儲存這組數字，然後在這組數字的WhatsApp對話框輸入文字……櫻花樹知道他們已經來到「這一步」，就是見面的時候了。

留下「證據」，就是想空追查，跟之前調查谷宇蔡的手法一樣。

全都是櫻花樹一早計劃好。

「我什麼也沒有做呢，別要誣衊我。」櫻花樹當然不會承認。

「我已經知道你們是用什麼方法讓周豪明自殺，而且我也知道你們協會存在的原因，就是要讓人了結自己的生命。」空說：「教唆他人自殺！」

櫻花樹沒有說話，只是微笑看著他。

「放心吧，我沒有錄音，我知道暫時我也沒有足夠證據去舉報你。」空說。

「啊？我真的不知道你在說什麼。」櫻花樹繼續扮無知。

「你不說嗎？我就跟你說吧。」空從欄杆跳了下來：「周豪明的遺書由電腦打出來，都是由你們代寫吧？而且我知道周豪明吃下的瀧汶河豚，是由你安排。」

「你有什麼證據？」

「我們去了魚類批發市場，找到了賣瀧汶河豚的人，當時宇馳把我的相片給他看，他就一口咬定是相片中的人來買河豚。」空解釋：「最初，我以為他是被買通所以什麼也不能說，不過，後來我發現了我的想法有問題。」

「是什麼問題？」

「的確，他應該是被買通，不過他的工作，不是要說『是誰在他手上買了瀧汶河豚』，而是……」空點起了香煙：「要說成『有人在他手上買了瀧汶河豚』，你想誤導我們。可惜，前幾天我們找過他，已經找不到那個大魚佬，沒法找他求證。我們調查了他的出境紀錄，他已經出國了，都是你的安排吧，對？」

櫻花樹不笨，他好像已經知道尾崎空知道了什麼似的。

「他是出國旅行？然後，永遠也不再回來？他的魚檔已經空空如人，人去留空，是你們給他錢永遠離開香港？還有他手上的名錶，也是用你給的錢買嗎？」空問：「等等，也有可能，等他出國以後，你們又會用其他的方法，在某個國家殺了他，然後，說成了是他畏罪自殺。」

這樣，就可以不留下任何證據。

「那個大魚佬根本就沒有賣任何河豚給周豪明，也沒賣給……你們。他只是用來證明**『周豪明吃下瀧汶河豚而死』**的這件事。」空說。

「你的想像力真豐富。」櫻花樹說。

「我在想一個這樣的協會，就是為了『玩』去教唆他人自殺嗎？」空繼續說：「就像我們自殺調查社一樣，我們需要營運下去，所以我需要收入，無論我調查社的宗旨是什麼，也需要收費，不然，我們就沒法營運下去，就沒法繼續去幫助其他人找出自殺的原因。」

「太遲了。」

「嘿，我知道，已經太遲，因為周豪明的屍體已經被火化。」

尾崎空認真地說。

「周豪明……根本不是吃下瀧汶河豚而死！」

《真正邪惡的人，都有某些缺陷。》

一星期前。

偉天藥物化驗所。

一個身形略胖、穿著醫生袍的男人，看著他們。

「怎樣了？你們又有什麼事來煩我？」康偉天跟尾崎空、許茹繪說：「等等，你們不是分手了嗎？怎會一起來找我？」

「我只是在幫空查案，我還在時裝公司工作。」繪說。

「啊？難道你們又走回一起了？」

「才沒有！」他們兩人同時說。

「哈哈！回憶起讀書時期，我們一起去玩，那時的我們最快樂！」偉天說：「當年我『天』你『空』，我們『天空組合』簡直是光大中學之寶！唉，往事只能回味了！」

「找天吃飯時再回味個夠吧。」空說：「我來找你，是想問你河豚毒的事。」

「我知道我知道，收到你的WhatsApp了。」偉天說：「你叫我查的瀧汶河豚，肝臟、膽囊、卵巢都有毒，食用十克以下就已經可以導致死亡。出產最多河豚食品的地區是日本，在日本大約有五十種河豚，其中有食用許可的有二十二種。最毒的是四齒魨科東方魨屬和箱魨科，瀧汶河豚就是其中一種。」

偉天繼續說出他所調查的資料：「四齒魨科毒性大約為氰化物的一千二百倍，只需要極少量便能致人於死地，而箱魨科河魨則含有毒性為氰化物二百七十五倍的箱魨毒素。一般來說，河豚的肝臟和卵巢毒性最強，其次為腎臟、血液、眼睛、鰓和皮膚、精巢、肉等等部位。」

「好了好了，我知道你調查得很詳細，不過，我只是想知道……」空有點不耐煩。

「有可能。」

偉天最知道他的性格，已經說出了他想要的答案。

「人類食用河豚的需求愈來愈大，而沒法進食有毒的部分從前會直接棄掉，不過我已經幫你打探過，問了一些藥廠的行家，這幾年有人在收購河豚棄掉有毒的身體器官與部位。」

沒錯，空要偉天調查的，不是河豚，而是河豚身體有毒的位置。

「我有位在生物學研究工作的朋友，他說目前河豚毒素主要可以用來麻醉、鎮痛、鎮靜，甚至可以戒毒與抗癌，不過，用量是極少的，而且價格非常昂貴。」偉天說。

「非常昂貴嗎？不過，這正好是一門……『生意』。」繪說。

偉天給他們看了一份資料。

資料上寫著，從河豚身體上提煉出來的毒素，以每克差不多十萬美元來計算，五公斤的毒素，價值已經是……

「五億美元」。

簡直是天文數字的價錢。

資料還寫著，要提煉一克河豚毒素，需要二十公斤河豚卵巢，也就需要一百二十公斤雌性河豚，所以「河豚毒藥」是世界上……

最貴的毒藥。

「這天文數字的利潤，就如你說一樣，有人會利用河豚毒來製成『毒藥』，也絕對不足為奇。」偉天說。

空皺起了眉頭，他的想法，完全沒有錯。

「不過我不明白，吃下河豚毒素也蠻辛苦的，以你所說，為什麼又會有人用這方法自殺呢？」偉天問。

「燒炭的死法也是很噁心，最後……不也是被『美化』了？」繪說。

「他們」……

的確會用這可怕的手法。

《商人最喜歡，美化最醜陋的事。》

馬料水公眾碼頭。

「我就是在猜疑，你們教唆他人自殺，是有什麼真正的目的？然後我就想到了。」空說：「周豪明根本不是吃了瀧汶河豚而死，而是吃了你們研發的河豚毒素自殺死亡，當然，他沒有錢買下你們的毒藥，不過卻是很好的……**實驗品**。」

「你有證據？」

櫻花樹沒有否認，就像在默認了一樣。

「沒有，因為跟你剛才說的一樣，已經太遲了，周豪明的屍體已經被火化，沒法再進行二度驗屍，不過，就算再驗屍得出的結果，或者都依然是吃下瀧汶河豚而死，因為，根本就不會有人想到，有人在研發河豚毒藥。」空有點無奈地說。

「你的幻想能力真的不錯。」櫻花樹依然帶著微笑。

「我在想……」空沒有回答他，繼續說：「你們會用什麼方法美化吃下河豚毒藥而死呢？不會見血？死得一點都不恐怖？至少比跳樓、吊頸死得好看？死得淒美？死得動人？然後就把毒藥買給想自殺的有錢人，說死也要死得好看一點、死得有尊嚴一點、死得高雅一點？至少不是吃老鼠藥而死，而是非常昂貴的河豚毒藥，然後，你們就可以來一個大賺特賺！」

空一口氣說出了他對製造毒藥的不滿。

「我一早已經跟他們說，你是我們協會要招攬的人才，可惜，偏偏你卻開辦了自殺調查社，跟我們『打對台』。」阿樹說。

「終於肯承認了？」空說。

阿樹點點頭：「的確，你所說周豪明的死，全都是我們的安排，我們要把他迫上絕路，然後用他來測試我們的新藥。」

空也沒想到他會親口承認，他只是瞪大眼睛看著這個完全猜不透的人。

「我才不怕你錄音呢，我只是想聽聽你的調查結果，的確不錯。」阿樹自信地微笑：「當初叫周豪明來找你合作，一起對付我們協會，還有，來找你調查谷宇蔡的死，也是正確的選擇。」

沒錯，櫻花樹要對付的人，不是谷宇馳，也不是筆杍圓、尾崎奈等人，而是……

尾崎空。

「你就是我最想『成功』的目標。」阿樹說。

「什麼意思？」空說：「你以為我不會告發你？你以為我們調查社的宗旨，是不透露委託者與自殺者的案件？這次委託者是我，所以，只要我找到了證據，一定會揭發你的可恥行為。」

「可恥？哈！」阿樹不禁一笑：「你已經開辦了自殺調查社多年，我來問你一個問題。」

空看著他，等待他的下一句說話。

「為什麼人要自殺？」

「你是在請教我？」空說：「找出自殺的原因，就是我開辦自殺調查社的原因。」

「不，我不是問你事件的原因，我是在問你……『**一個人為什麼要自殺**』？」阿樹搖頭說。

《你心中，有一個真正的答案嗎？》

一個人……為什麼要自殺？

「有太多的答案，根本沒有一個特定的答案。」空說。

「有。」樹說。

空看著他。

「因為人們在別人創造的世界活得太過痛苦，所以才有人選擇自殺，這是『絕對唯一』的原因，每個人了結自己的生命，都是因為『在這個別人創造的社會中不快樂』，就算是笑，也不是真正的快樂，才會選擇自殺。」阿樹說：「如果我們的藥研發成功，只要承受最少的肉體痛楚，就可以離開痛苦的世界，不是幫助了很多人？」

「你說的只是歪理。因為不是真正的快樂，才要努力生存下去，找尋真正的快樂。」

空說：「就算是痛苦，也要想方法生存下去，而不是以死來逃避，當然，這絕不是一件容易的事，但我們必須面對，這才是真正的成長。」

「痛苦地成長，有什麼好處？」阿樹反問：「啊？我明白了，痛苦地成長，然後向同樣痛苦成長的人說『別要放棄，你很快就會明白，其實一切痛苦都是你的人生經歷』，是這樣嗎？」

「我們還要在這裡像中學生辯論比賽一樣討論『自殺』？」空決定了完結這討論下去也沒意義的話題：「我一定會找到你們協會的犯罪證據。你說來見我是看看我們的實力？我就是來跟你說，無論你們有什麼計劃，我也一定會調查出來，再見。」

空說完轉身就走。

「我不想知道我為什麼不怕你錄音。」阿樹看著他的背影說：「不過，我知道你的秘密，比剛才所說的更不能讓人知道。」

尾崎空停了下來。

「一九九四年十月五日，旺角新填地街天台屋被縱火，釀成四屍五命。」阿樹說出了一單新聞。

空聽到「旺角新填地街天台」，整個人也僵硬了。

因為，奈奈收到的相片，就是在旺角新填地街天台所拍攝！

「別要碰我的家人！別要碰奈！」空回頭看著他。

「看來，你的家人對你很重要吧？」櫻花樹拿出了一張相片：「你……還記得嗎？尾崎空，你還記得嗎？」

空走上前，呆了一樣看著相片。

是一張菲林相片，雖然已經發黃，不過，很清楚見到一個三四歲的男孩，眼角有瘀傷，完全沒有笑容，蹲在地上，雙手緊握著大門的鐵閘。

「你忘了嗎？」阿樹微笑：「是你幫我拍的相片，你已經……**忘記了嗎？**」

「什麼？！」

「尾崎空，對不起，我要把你……**迫入絕路了**！嘿！」

這是櫻花樹內心的一句說話。

也是他將會完成的一個「目標」。

兩星期後。

旺角新填地大街，人群看著天台方向。

「上面天台！看看那兩個男人！」

「不會吧？是不是想跳樓？」

「快報警吧！」

街上的行人與店舖的職員紛紛抬頭看著天台，兩個男人正危站在天台的石壆上。

鏡頭快速從地面上升，來到天台的位置，他們只要再踏出一步，將會墮下死亡，粉身碎骨！

「媽，我要來見你了。」

他說。

「哥，我也來了。」

他說。

就在此時，天台的大門打開。

一把熟悉的聲音大叫。

「空！別要跳下去！」

是圓圓！

《有沒有試過，被迫入絕路的感覺？》

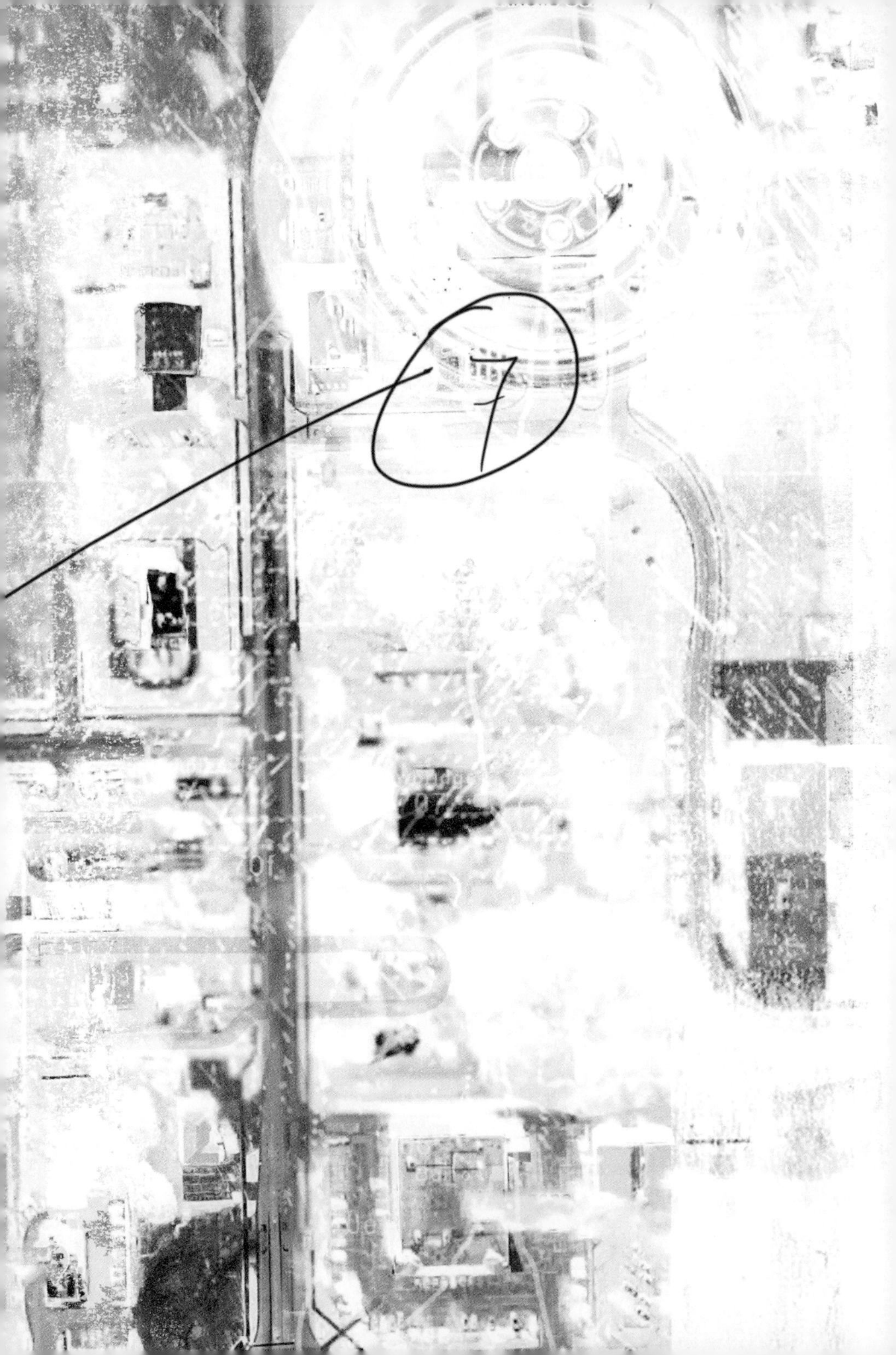
7

CASE
FOUR

Suicide Association

不生存自殺協會

後來的我們

兩星期前。

自殺調查社。

尾崎空自從在碼頭跟櫻花樹見面以後，再沒有出現過。

今天，已經是第四天。

那天，他跟圓圓通過一次電話，說要處理一些事情，遲一點才回去，這是尾崎空最後一次跟他們聯絡。

「空會不會有什麼危險？」野芽說。

「報警了嗎？」奈奈非常擔心。

「已經跟華大叔那邊聯絡，他會加派警員尋找空，還會找出櫻花樹。」圓圓握著她的手：「奈奈別擔心。」

「空從來沒試過這樣，媽的！他究竟去了哪裡？」宇馳生氣地說。

「他中學時曾經有試過失蹤。」繪說：「奈奈妳有沒有印象？」

「有！當年我們也有報警！那個笨蛋差不多半個月才回來！嚇死我！」奈奈說。

「當時發生了什麼事？」繪問。

「他沒有說，不過那天以後，哥又像平常一樣有說有笑，沒有什麼分別。」奈奈說。

「野芽，空的WhatsApp顯示『在線上』？」圓圓問。

「對！手機的GPS雖然關掉，不過手機沒有關，他還在線，只是沒有回覆我們。」野芽說。

「有沒有方法駭入他的手機，看他在跟誰WhatsApp聊天？」奈奈問。

「沒辦法，我們調查社員工的手機也做過手腳，別人不能駭入。」野芽說。

「我覺得……」圓圓在思考：「空上線，未必是在跟誰聊天，而是想讓我們知道……他暫時沒事。」

大家看著她。

「你們都很熟悉他的性格，空從來都不是沒有交帶的人，他可能是想我們給他一點時間去處理一些事情。」圓圓說。

「我同意圓圓的說法。」繪和應。

「那我們只可以等他聯絡我們了。」野芽失望地說。

「才不是呢。」圓圓說：「我們一直在調查社工作，何曾是聽聽話話的？」

「所以？」奈奈問。

圓圓從打印機中拿出一張舊報紙的資料。

大家都看著新聞的標題——「縱火滅門四屍五命」。

「現在，我們手上有兩項線索：一、是奈奈收到陌生人寄來的相片；二、是奈奈手機收到的血腥相片。」圓圓說。

「等等，什麼血腥相片？」宇馳說問。

圓圓把手機上的相片給他們看，是奈奈轉發給她的。

同一時間，圓圓跟他們打了一個眼色。

「什麼？！這……」野芽看到掩著嘴巴：「為什麼不早跟我們說收到相片？」

「因為我不想空知道。」圓圓說話很小心：「所以愈少人知道愈好，至少不會跟空說。」

「我明白你的想法。」宇馳看著相片說，同一時間他偷偷看奈奈的反應。

她完全不知道相片中的是誰。

「如果空沒有失蹤，奈奈收到這些相片，也許就當是某些人擾騷奈奈，不過現在他失蹤了，我想有很大機會跟這些相片有關。」圓圓說。

「其實我不明白為什麼不能給哥看？」奈奈說。

他們四個人互相對望，等待其中一個人解釋。

「因為這是我們曾經調查過卻沒法破案的案件。」繪說。

「我明白了，因為幫不到委託的人，哥看到相片後會不甘心，對吧？」奈奈說。

「對，就是這樣。」繪微笑。

這張相片，他們四個人也看過。

他們的確曾經調查過這案件。

這張相片是……

尾崎空媽媽，當天跳樓死亡，警方所拍下的相片……

相片中，那個躺在血泊中臉部扭曲的女人……

就是奈奈的媽媽！

《一世也不讓他知道，只因，一世也不想他痛苦。》

CASE FOUR

Suicide Association

不生存自殺協會 後來的我們 02

凌晨，令箭偵探社。

偵探社的員工已經下班，不過，有一個人正潛入盜取資料。

他是已經失蹤了一星期的⋯⋯尾崎空！

滿臉鬚根的他，正在周豪明生前的桌子找尋東西。

「啊？周豪明應該調查到什麼呢。」

他想起了一星期前，櫻花樹在碼頭說出這句說話，所以他決定來偵探社找尋周豪明留下的線索。

當天，他曾來過令箭偵探社，周豪明拍下了很多旺角新填地街天台的照片，或者，他真的已經查到了什麼，所以空決定了來找尋線索。

究竟發生了什麼事，讓尾崎空不聯絡調查社的同事、朋友，而要自己一個調查事件？

只有一個原因。

因為這次的事件是有關他的……媽媽。

一直以來，他也沒法找出媽媽自殺的原因，但這一次，他終於可以……

「接近真相」。

他找遍了周豪明桌上的資料與相片，也沒找到有用的東西，他坐在地上，看著沒有人的偵探社。

「為什麼會這樣……」他失望地雙手插入髮根：「一定有什麼線索，一定有！」

他找出了一張寫滿手寫字的紙張，紙上羅列了一九八八年至一九九八年，共十年的年分數字，空用手電筒照著紙張在看。

紙上寫著一九九二年空自己出生，而一九九七年到尾崎奈出生。在空之前，還有一個出生日期……

一九八八年寫著……「哥出生」

哥？尾崎空不是大仔？為什麼還會有一個「哥」？

本來空不會相信這無稽的說法，不過，當他看到那張在天台拍攝的相片，看著那個站在他身邊不認識的男孩，總有一份熟悉的感覺。

而且櫻花樹當天在碼頭也跟他說他有一位哥哥。

他分析過，如果他真是有一位哥哥也不是奇怪的事，就像一九九八年，母親自殺，尾崎奈只有一歲，她根本不會知道媽媽是自殺。

同樣的，如果空的「哥哥」是一九九八年出世，而相片是一九九四年拍攝，當年空只有兩歲，他根本就不知道身邊那個就是自己哥哥。

人的記憶，大致都是由三歲半才開始，他不知道也不足為其。

他只想查出，那十年期間所發生的所有事。

找出媽媽自殺的真正原因。

	媽媽年齡	哥（?）年齡	尾崎空年齡	尾崎奈年齡	備註
1988	17歲	出世			
1989	18歲	1歲			
1990	19歲	2歲			
1991	20歲	3歲			
1992	21歲	4歲	出世		
1993	22歲	5歲	1歲		
1994	23歲	6歲	2歲		在新填地街天台屋拍下相片
1995	24歲	7歲	3歲		
1996	25歲	8歲	4歲		
1997	26歲	9歲	5歲	出世	
1998	27歲	10歲	6歲	1歲	媽媽自殺

空正想離開之時，不小心觸發了偵探社的警報，單位內傳來了警鐘，紅色的警報燈一閃一閃地亮起。

他想從正門離開，卻被反鎖在偵探社。

空回頭看著偵探社，找尋其他的出口，他回到周豪明桌子前的洗手間處，探頭看一看洗手間，有一個可以讓人穿過的鐵窗，他可以從這裡離開。

就在此時，空看到周豪明的桌子。

紅色的警報燈一閃一閃照射在桌面上，出現了反光的文字！

空立即把桌面的東西全部撥走，清楚地看著桌上寫上的文字……

「兒子就是兇手！」

《你最早的記憶，出現在幾多歲？》

自殺調查社。

「我找到了。」圓圓說：「一九九四年十月五日，旺角新填地街天台屋被縱火，釀成四屍五命。」

他們讀著這宗縱火滅門慘案的內容，新填地街的天台石屋有兩家人共八人同住，因為環境相當擠迫，廁所、廚房也是兩家人共用，不時會發生爭執，一直都有積怨。直至一九九四年十月五日，其中一家男屋主縱火把對方一家全數燒死，而其中一名女住客懷有孩子，火災釀成四屍五命。

「相片後面寫上的日子與地點都是一樣，這跟空的失縱有什麼關係？」繪說。

「大家快過來看！」野芽大驚：「我找到了當天報案的記錄，在火災之前一小時，有人在同一大廈看到火警報案，不過最後卻定為虛報，一小時後就發生了這可怕的縱火案。」

此時，圓圓的手機響起，她打開了擴音器。

「宇馳，怎樣了？」圓圓問。

「我問了當年的大廈看更，他還在。」宇馳去了新填地街那大廈：「他記得當年同一日有兩次火警，不過一次是虛報，而另一單就是滅門慘案，消防接到報案，虛報收隊，不過很快又再出動，即是出動了兩次。看更說這大事件他不會記錯，而且他還記得虛報那家人的姓氏，因為很特別……」

「姓尾？」繪問。

「對！姓尾！」宇馳說。

「空小時候住過同一大廈？」圓圓在思考：「這樣……那個男孩……」

此時，調查社的門鈴響起。

野芽立即打開了大門，奈奈拖著一個中年女人回來，她給人一種祥和的感覺。

「她是我細姨，她知道哥失蹤了，立即從英國趕回來。」奈奈說。

「大家好。」細姨微笑說：「繪很久不見了。」

「細姨妳好，請坐。」繪禮貌地說。

圓圓與野芽跟細姨打過招呼後，一起坐在沙發。

「細姨也很擔心哥，所以她決定了把知道的事告訴我，希望可以幫助找回哥哥。」奈奈說：「然後，我跟她說希望想你們一起聽。」

「但細姨……」圓圓想起了奈奈不知道媽媽自殺的事。

繪拍拍她的手臂，在她的耳邊說：「我跟細姨通過電話，她知道有什麼是不能說。」

「好。」圓圓回看細姨：「沒什麼，只是覺得妳的皮膚很好！哈！」

「謝謝妳。」細姨溫柔地說：「好吧，我就由空小時候開始說起。本來，我想把所有的秘密都收藏起來，帶入棺材，不過，現在空的失蹤，我覺得也有可能是跟他的過去有關。」

「細姨放心吧！我已經長大，無論過去發生什麼事，我也可以接受的！」奈奈說。

他們幾個對望了一眼。

「奈奈，我知道妳已經長大了。」細姨微笑，然後正式說出他們媽媽的事：「楚玲的一生，真的是很苦。」

宋楚玲就是空與奈的媽媽名字。

「其實，奈奈妳跟空還有一個哥哥。」

全場人也被這句說話嚇呆了！

一九八八年，當年宋楚玲只有十七歲，她第一個兒子尾崎峰出生。當時他們的爸爸尾明智也只有二十二歲，雖然他們都很年輕，不過尾明智都是一個好爸爸，打幾份工作，就是為了楚玲母子生活可以過得好一點。

「最初我是不看好家姐這段關係，但尾崎峰出生的幾年，是楚玲短短人生之中最快樂的時間。」細姨眼帶淚光：「不過，就在空出世的那一年，一九九二年，楚玲的人生完全改變了。」

他們一起，回到從前的記憶。

從前的故事。

《你有沒有一個，只會帶入棺材的秘密？》

不准生存自殺協會

CASE FOUR

後來的我們 04

一九九二年的某一天。

宋楚玲跟丈夫尾明智、兒子尾崎峰還住在新填地街時，雖然生活很艱苦，但還可以捱過去，從前的「快樂」，比現在簡單很多。

直至，尾崎空出生的第四個月。

「峰！你去哪裡？我們準備出門了！」楚玲在家中大叫：「快過來換衣服！」

尾崎峰沒有回應，楚玲聽到了洗手間傳來了水聲，她下意識看一看嬰兒床，只有四個月大的空不見了。

她立即走入洗手間，聽到悽厲的嬰兒哭聲，然後是水入喉嚨的痛苦聲！

楚玲看到尾崎峰把空放入了放滿水的浴缸之中！

只有幾個月大的空，快要窒息！

「峰你在做什麼？！」楚玲快速把空從水中抱起，空哭得更大聲：「空！你沒事嗎？沒事嗎？」

只有五歲的峰，目無表情地看著驚惶失措的媽媽。

「你為什麼要這樣做？」楚玲的眼淚瘋狂流下：「峰，我問你為什麼要這樣做？！」

「因為弟弟很吵，想他安靜一點，放他在水中一會，很快就可以靜下來吧。」

楚玲整個人也呆了，她沒想到尾崎峰會這樣回答她。

或者，這經歷導致尾崎空長大後，很怕水，而且討厭「下雨」。

其實，這已經不是第一次，在空未出世前，他們兩夫妻曾買過一隻雀仔，還有一隻狗仔給峰做寵物，可惜雀仔被峰活生生勒死，而小狗被他……掉下樓了。

那時，他們曾覺得可能只是意外，不過空出世以後，峰也曾傷害過空的身體，而這次卻是最嚴重的一次。

他們兩夫妻討論過後，決定了帶峰去看兒科心理醫生。

心理醫生說，因為當年只有十七歲的楚玲身體未完全發育完成，已經懷有尾崎峰，而且年輕又初次懷孕的楚玲，不知道懷孕期不能服用抗抑鬱的藥，直至懷孕五個月才停藥，醫生說，有很大可能因為這樣，導致尾崎峰的腦部發展不健全，做出這可怕的行為。

「我有很多個案，大約到了六七歲，差不多上小學時，因為接觸更多不同的人，就會有明顯的好轉，別太擔心。」醫生說。

最初，宋楚玲也相信醫生的說法，不過，她在家中一直照顧著兩兄弟，峰不斷做出傷害空的行為，她無時無刻都要提高警覺，宋楚玲開始愈來愈崩潰。

她本來想讓峰入院兒童精神病院，可惜，尾明智不讓她這樣做，怎樣說峰也是他們兩人的兒子，不能把他放在精神病院。

一個出外工作賺錢的丈夫，不會明白妻子在家中有多辛苦。

宋楚玲再次要吃抗憂鬱的藥，當時，細姨宋楚香也想幫助她家姐，可惜，她亦有自己的生活，她沒法每天都去照顧她們一家人。

或者，這就是宋楚玲自殺後，宋楚香願意照顧她兩個兒女的原因，在她心中，那份強烈的內疚，讓她想作出補償。

直至一九九四年十月五日那天，尾崎峰做出了更可怕的事。

那天早上，他用打火機點著了空的床單，當時宋楚玲還在睡覺，而尾明智夜班工作，還未回家。直至窗口冒出濃煙，路人報警說有火警。在消防員到來前十分鐘，宋楚玲才醒過來發現床單燒著，她立即撲火，不然，同一天會有兩宗悲劇發生。

當消防員趕到現場，火已經被宋楚玲撲熄，她更加不會說是自己大兒子想放火燒死細兒子，最後，就當成虛報處理。幸好當時兩歲的空有本能的求生意志，爬出睡床，才不致燒傷。

宋楚玲看著塞在一角的床單殘骸，她的眼淚已經不禁流下。

她抱著還在喊的尾崎空，再看著站在牆角的尾崎峰。

「他一直吵、一直吵，很煩！總有一天，我會把他送去地獄！」

宋楚玲一生中，只有這一次，看到那種讓人心寒的邪惡眼神。

只有六歲的孩子，邪惡的眼神！

自殺調查社。

「一個只有六歲的小孩，真的會如此的殘忍？」野芽感到心寒。

「我曾經讀過一個報導。」圓圓說：「美國有一對湯普森兄弟，在二零一五年，趁母親和她男友出門去買披薩時，他們把十九個月大的妹妹放進了烤箱，當時，雙胞胎兄弟就只有三歲。母親回來時，妹妹已經嚴重燒傷，被烤得不似人形。」

「很可怕！」野芽大叫。

「以細姨的說法，當時有人報案，不是誤報，而是真有其事。」圓圓說。

「之後呢？發生了什麼事？」奈奈驚張地問。

「那天之後……」細姨手在抖震：「峰……再沒有出現過。」

《最邪惡的狀態是，連自己也不知道自己是邪惡。》

「再沒有出現過是什麼意思？」圓圓問。

「這已經是幾個月之後的事，我去找楚玲，她說峰已經送人養了。」細姨說：「當時，因為家姐的情緒已經出現了很嚴重的問題，而且姐夫也同樣說送人養了，我沒有追問下去。」

「尾崎峰……去了哪裡？」繪說：「誰會想收養一個這樣的孩子？」

「對不起奈奈，當年我也還很年輕，什麼也做不到。」細姨說。

「不，我明白的，不過，我沒想過原來還有一個哥哥，我想哥哥知道也覺得很驚訝。」奈奈說。

「或者，他已經在外面調查到了。」圓圓說：「在天台那張相，就是他跟哥哥的合照。」

圓圓內心已經想到另一件事。

為什麼把照片發給奈奈的人，會有這一張相？

「奈奈，之後要說的事是有關妳，還有空的爸爸尾明智，妳要不要先休息一下？」細姨細心地問。

奈奈握著她的手搖頭：「沒問題的，我可以！」

空的爸爸？

圓圓已經覺得細姨的說法很奇怪，不是「他們」的爸爸？

「一九九六年，他們抽到了公屋，就在同一年，尾明智因患上鼻咽癌末期，死去了……」細姨說。

奈奈聽到後，整個人也僵硬了。

「發生什麼事？」野芽問。

「奈奈妳不是說過跟我同年出世的嗎？」圓圓說：「我們都是一九九七年出生！」

「什麼？！」野芽非常驚訝。

空曾跟奈奈說過，他們的父親的確是因為鼻咽癌而死去，不過，沒有人說過，是在奈奈出生前一年死去！

「這樣說……」奈奈瞪大了眼睛。

「沒錯，你不是尾明智與我家姐所生的孩子。」細姨說：「楚玲的確是十月懷胎生下妳的人，不過，她沒有說過妳的父親是誰。」

「等等，我跟哥哥……不是同一個爸爸所生的孩子？」奈奈一直以來都以為自己是尾明智所生：「哥哥也知道這件事？」

「空是知道的，不過他想保護妳，才不跟妳說出真相。」細姨說。

奈奈不斷搖頭，她有一個哥哥還能接受，不過，現在她才發現自己原來不是跟空同一個爸爸所生，她一時間沒法接受。

「那……我的爸爸是誰？」奈奈問。

「我也不知道，因為楚玲沒有跟我說過。」細姨說。

奈奈的眼睛泛起淚光。

「奈奈……」

「細姨……對不起！我想先冷靜一下！我到天台休息一下！」

她沒等大家回答，她已經衝出了大門。

「野芽，妳去看著她。」圓圓說。

「知道！」

野芽也跟著走出大門。

現在只餘下繪、圓圓，還有細姨。

「沒想到他們會有如此的身世。」繪說：「我認識空這麼多年，從來沒聽他說過。」

「空這個孩子，就是這樣的一個男孩，把東西都收起來，寧願自己承受。」細姨說：「還好，他小時候的問題，現在已經沒有了，就像是醫生所說一樣，一路成長，就會慢慢變回正常。」

「你說的『有問題』是指什麼？」圓圓問。

「空小時候，也跟峰有同樣的問題。」細姨說。

繪與圓圓對望了一眼。

「妳們有沒有聽過空說，大便在鴨仔學行車的事？」細姨問。

《沒法接受，也得接受，這就是現實的世界。》

「當年，我在一個放在廳中的可愛鴨仔小孩坐廁上大便，然後，被媽媽發現了，她用藤條打我，我一面求她不要打，一面哭著逃跑。

長大後我才知道，那個不是小孩坐廁，而是一張新買回來的學行車，是買給我妹妹用的學行車。媽媽立即把學行車拿到浴室清潔，當時我連屁股也沒有抹，在廳中大聲哭泣。

我心中想，為什麼媽媽清潔學行車也不替我清潔屁股？我比不上一架學行車？別問我為什麼當時只有五歲的我會有這樣的想法，也許，當時，我看著大廳打開的玻璃窗，我很想跳下去！這是我人生中，第一次想『自殺』。」

這是尾崎空曾跟她們說的故事。

細姨嘆了一口氣：「其實，楚玲跟我說，當時空不是大便在學行車上，而是大便在奈奈的身上。」

「什麼？！」他們非常驚訝。

「空小時候跟他哥哥有同樣的問題？」圓圓認真地問。

「對，他有時會打奈奈，而且還會用很邪惡的眼神看著奈奈。」細姨瞪大了眼睛回憶：「我曾親眼看過那個眼神，就像惡魔一樣邪惡。」

「為什麼空會說謊欺騙我們？」圓圓在想著這問題。

「不，或者連空自己也有記憶出錯。」繪說：「一個只有五六歲的小孩，真的能夠記得所有事嗎？可能他的潛意識跟自己說出一個比較舒服的回憶也不定。」

「的確有這個可能。」圓圓說：「我也沒法不出錯地記起五六歲時所有的記憶。」

細姨的眼淚流下：「或者，楚玲沒法接受自己的另一個兒子也成為了惡魔，她再沒法承受這一份痛苦與壓力，最後選擇了自殺。」

繪輕拍她的肩膀。

「其實，我有一個問題一直也想問空，這是我對整件事覺得最奇怪的地方。」圓圓說：「應該說是『不合邏輯』。」

「是什麼？」繪問。

「空跟我說過，他的媽媽在臨死時跟他說『你要好好活下去』。」圓圓凝重地說：「問題就在，如果要空好好活下去、如果是很愛自己的兒子，怎可能會在……**自己的兒子面前自殺？**」

細姨也呆了一樣看著她。

她完全沒有想過這句說話，當中隱藏著這個問題。

不合邏輯的問題。

任何一位母親，也絕對不會在自己的孩子面前做出一些破壞自己在孩子心中形象的事，更何況是……**跳樓自殺？**

圓圓所說的「不合邏輯」，是在說每一個懷胎十月生下孩子的女人，愛護孩子的「邏輯」。

「真的……」繪凝重地說：「不過，會不會是因為宋楚玲當時已經精神崩潰、神志不清才會說出這句說話？對不起細姨，我這樣說。」

「沒有，我明白妳的意思。」細姨抹去眼淚。

「還是有……其他的原因？」圓圓想到了另一個解釋：「怎樣說也好，總之，我大約明白櫻花樹是用什麼方法去……控制空。」

「對，這樣下去，空會很危險。」繪咬著下唇：「我們要盡快找到他！」

《母親的邏輯，或者不是每個人也明白。》

Apc Trucking
New Ave
127th St

CASE
FOUR

Suicide Association

不生存自殺協會

時光機

「空，你細姨回來了，她已經跟我們說了你過去的事！你快點回覆我！我們一起去面對吧！」

尾崎空看著手機WhatsApp上，圓圓發來的訊息。

他把手機收起。

他不需要別人幫助，一定要自己親手把真相查出來！

此時，學校的等候室大門打開。

「學長你好！很久不見了！」一個男老師走了進來：「啊？你留鬚了嗎？變得更成熟了。」

「是嗎？」

他叫張秀彬，是我後一屆的學弟，現在他在我們就讀的光大中學做老師。

「我想要的資料呢？」空問。

「找到了，真的很奇怪……」張秀彬說：「當年小學入學的資料中，的確有一位叫尾崎峰的學生，學校也收了他，不過，最後他沒有來上學。」

空皺起了眉頭。

「空，這個叫尾崎峰的人，跟你一樣姓，應該是你的親人吧？」他問。

「他是我哥。」

「你哥？怎麼我沒聽過？你不是只有尾崎奈一個妹妹？」

「所以我才想找出更多資料。」空說：「尾崎峰沒有上學，學校沒有進一步跟進？」

「應該是有的，不過，可能家長說轉到其他學校，很簡單就可以解釋到了。」張秀彬說。

「明白。」

尾崎空從阿樹給他的線索中，知道了那個男孩就是他的哥哥，不過尾崎峰在空兩歲後消失了，所以他一直也不知有這一位哥哥存在。

而這次他回到舊校，就是想知道「不存在」的原因。

「人口失蹤」是指家人會報案才叫人口失蹤，如果連家人也沒有告訴別人，根本就不能說是「失蹤」。

這件事，絕對是跟空的媽媽爸爸有關。

空離開了光大中學後，來到了學生時期經常來的公園坐下來，公園內，小孩們正在快樂地嬉戲。

「如果我真的有一位哥哥，或者小時候，我們也一起成長，一起來玩。」空唉了口氣，然後他看著櫻花樹給他的四張相片。

相片是由菲林相機拍下的，早早已經發黃。

第一張相片，是他跟哥哥在天台上的合照。

他揭到第二張相片，就是一個男孩蹲在地上雙手緊握著大門鐵閘的那張。

「櫻花樹說是我幫他拍的相片？怎可能？我根本不認識他！」空非常懊惱：「不可能！」

而第三張相片，是一張房間的相片，床上有一張懷舊的紅色龍鳳床單，而房間的佈置也很懷舊，綠色的鐵窗花，現在已經很少可以見到。

空的手機響起。

「怎樣了？有發現嗎？」空問。

「你何時才回來？」他問。

「很快。」空說：「我要你拍的相有了嗎？」

「一會我發給你。不過，我很想跟你說，你不用一個人去承受所有的事，你還有我們！」

空沒有說話，只是說了一句：「再見。」

他是宇馳，空要他幫助調查，不過，不能告訴其他人。

空的手機震動，是宇馳傳來的相片，他看著相片，整個人也呆了！

相片中的綠色鐵窗花，跟阿樹給他的相片中看到的是一模一樣，只是多了鏽跡！

相片是宇馳在旺角新填地街火災那棟大廈的其中一個單位拍攝的！

「原來……如此。」空像打開了回憶的潘朵拉的盒子一樣：「相片應該是爸爸拍的！」

然後，他看著第四張相片。

是尾明智與宋楚玲的合照！

空爸爸媽媽的合照！

尾明智在微笑，而宋楚玲卻正在……流淚。

「這張相，是我幫他們拍的！」

《有些事，忘記比記起更快樂，記起比忘記更痛苦。》

一九九六年。

尾崎空四歲。

他們一家搬到公屋單位。

「咳咳，搬了過來後，希望你們可以好好生活。」末期癌症的尾明智說。

「失去了你，我也不知道怎樣活下去……」宋楚玲表情痛苦。

「沒問題的，過去已經過去了，你跟空就重新開始吧。」尾明智說：「親愛的，別再回憶起從前痛苦的事。」

「不，我想我們三個一起重新開始！不是只有我跟空！」宋楚玲帶點激動地說。

此時，尾崎空走了過來，他手上拿著一台相機。

「啊？空你從那裡找到的？」尾明智蹲了下來摸摸他的頭：「是在紙皮箱中找到這台

相機嗎？很久沒拍照了，菲林好像才拍了十幾張。」

「爸爸媽媽，我來幫你們拍照。」空舉起了相機說。

「好吧！」尾明智把相機的頸帶掛在空的頸上：「這台相機，以後就是你的了，來吧，幫我跟媽媽拍張相，咳咳。」

相機對於四歲小孩來說很重，不過空還是可以把它舉起放在眼睛之前。

「咯嚓！」

空拍下最後一張父母的相片。

尾明智在微笑，而宋楚玲卻正在流淚。

公屋單位走廊。

尾崎空來到了小時候自己住的單位。

媽媽墮樓自殺的單位。

「你要好好活下去。」

回憶又一次出現在他的腦海之中。

他按下了門鈴，不久，一個年老的婆婆打開大門。

「你是誰？」婆婆問。

「我是尾崎空。」空微笑。

「啊？原來是你，很久不見了！」婆婆高興地說。

婆婆打開了大門讓他進來。

數年前，空跟繪已經來過這個單位調查，所以婆婆認得空。

「怎樣了，又來調查嗎？」婆婆問。

「對。」空笑說：「也來探探妳老人家。」

「已經找到了你媽媽自殺的原因？」婆婆一早已經知道空的事。

空搖搖頭：「還在調查。」

「是這樣嗎？你先坐一會，我去沖茶給你！」婆婆說。

空走到了自己當年看著媽媽自殺的位置，他看著那個玻璃窗，心跳加速，媽媽回頭說「好好活下去」的畫面再一次出現。

他緊握著拳頭，回憶起阿樹在碼頭說的話。

「你不想知道宋楚玲自殺的原因？」櫻花樹說。

「你怎知道我媽媽的事？」空說。

「我有這些你沒有的相片，你覺得我會比你知道得少嗎？」阿樹心寒地笑著。

「快說！為什麼你會知道？！」空衝上前，抽起他的衣領。

「你覺得我會直接跟你說嗎？」阿樹從褲袋中拿出了幾張相片：「你不是想自己親手調查自己媽媽死的原因？」

空放下了他，拿著相片看，他整個人也呆了。

「從這些相片中，你可以找出答案嗎？」阿樹抽抽自己的衣領：「不過，我還是勸告你別要再調查下去比較好。」

「為……為什麼？」

「因為，我怕你會因為這件事而跟你媽一樣……自殺！」

櫻花樹那個邪惡的眼神，再次出現。

《自殺就像傳染病一樣，我們需要疫苗，而疫苗就是「愛」。》

空與婆婆坐了一下來。

「你的兒子呢？」空問。

「搬走了，始終他也長大了，就出去闖一闖吧！」婆婆喝下一口茶。

「妳一個人不覺得寂寞嗎？」

「才不會！我很多麻雀友啊！」婆婆高興地說：「誰不想自己的兒子有一番成就呢，我寧願他出去外面的世界闖闖，也不需要他留下來陪著我！」

「明白了。」空也喝下茶。

「其實你媽媽也是這樣想的。」婆婆說：「雖然她已經不在，不過她是想你向前看，努力過著自己的生活。」

婆婆似是在安慰空，空也感覺得到。

「謝謝你婆婆。」空說：「不過，我還是很想知道她死去的原因。」

「我知道你執著的是什麼，不過，有些時候還是需要放下。」婆婆說。

空微笑回應。

其實，婆婆不知道空所「執著」的有多嚴重，他甚至開辦了一間調查社，去幫助委託者。

調查自殺的原因。

「婆婆，當年妳們搬來的時間，在單位內有沒有發現什麼？」空問。

「沒有，單位已經清空了。」婆婆說：「你好像曾經也有問過我。」

「嘿，是嗎？我知道。」空說：「我只是希望可以盡量得到更多的線索。」

「啊？等等，有件事我好像沒告訴你，因為我在你初次來找我之後記起來了，不過，之後忘記告訴你。」婆婆說。

「是什麼？」

「單位已經清空，不過，洗手盤卻沒有清理。」婆婆說：「我們入住時，洗手盤塞了，我跟兒子找師傅來修理，發現了是水喉管淤塞了。」

「水喉管？」空皺起眉頭。

「對，師傅說水喉管被大量的長髮塞死了，他說應該是有人剪下頭髮掉入了洗手盤中，當時我也嚇了一跳！」婆婆問：「你記得小時候媽媽是長髮的嗎？是她剪下長髮？」

「是……是長髮的……等等……」

你媽媽是長髮的嗎？

你媽媽是長髮的嗎？

你媽媽是長髮的嗎？

這句說話，不斷地出現在他的腦海之中……

他腦海中的畫面，出現了短髮的媽媽！

曾經，圓圓問過他記不記得媽媽的樣子，尾崎空說自己不會忘記媽媽的樣子，不過，這次被婆婆一問之下……

尾崎空這麼多年來，第一次感覺到自己有可能……

記憶出錯！

「我好像記得媽媽……有留過短髮！」空空眼神洞地看著玻璃窗的方向。

「你當時才幾歲，記錯了也不奇怪。」婆婆說。

「婆婆！謝謝妳！」空立即站起來：「我有些事要調查，我先走了！」

「好的，別要太過折磨自己，年輕人。」

「謝謝妳！」空用力地擁抱著婆婆。

「哈！你讓我想起了我的兒子！」

空對婆婆微笑，然後轉身離開單位，就在他打開鐵閘之時……

他整個人也呆了！

「發生什麼事？」婆婆問呆站的空。

空看著對面單位的鐵閘！

「婆婆，這麼多年來……妳知不知道他們有沒有換鐵閘？」空指前面單位。

「人就轉了幾家，不過鐵閘一直也沒有換就是了。」婆婆說。

空把阿樹給他的相片拿了出來。

男孩沒有笑容蹲在地上雙手緊握著大門的鐵閘相片……

跟空眼前的鐵閘是一模一樣！

「婆婆，妳記得最初搬進來時，對面是住著什麼人？」空問。

「你又在考我記憶嗎？」婆婆想了一想：「對，應該是我搬進來後不久就搬走了，他們一家好像是姓……櫻的！很特別的姓氏！而且還有一個跟你差不多大的兒子！」

空回頭看著婆婆。

「我……終於知道，為什麼他會知道我的事！」

《放下不是簡單的事，但總能夠放下。》

一九九六年。

尾明智離開後，宋楚玲再沒有依靠，整個人也變得更神不守舍，她甚至吃雙倍醫生開的精神科藥物，希望可以早點康復，可惜，她的情況愈來愈差。

不久，出現了一個男人，櫻厚雄。

他住在宋楚玲對面的單位，一個失去丈夫，精神又出現問題的女人，很容易就被櫻厚雄搭上了。

幾個月後，櫻厚雄終於把漂亮的宋楚玲騙上床，而且宋楚玲也把從前自己的事，通通都告訴了櫻厚雄。

櫻厚雄無業，都是由櫻太太工作賺錢養家，而他們的兒子都是由櫻厚雄在照顧。

他們兩人都在櫻太太上班時「密會」。

櫻厚雄家中的床上。

「什麼？妳說兩年前殺了自己的兒子？」赤裸的櫻厚雄問。

「對，當時峰想燒死我的細兒子，我……錯手殺了他！」宋楚玲神情有點瘋癲。

「哈！」櫻厚雄當然不太相信：「之後呢？」

「明智知道我殺了他，所以幫我一起把屍體掉下海！」

「你們兩個一起把自己的兒子掉下海？」

「對！你不知道嗎？峰是惡魔！他不只想燒死空，還想殺了我們！瘋了！瘋了！」

宋楚玲臉容扭曲地說。

櫻厚雄心想，妳才是瘋了。

「你不相信我？」宋楚玲問。

「我當然相信妳！」櫻厚雄淫邪地說：「只要妳用口幫我那話兒舒服一下，我就相信妳了！」

就在此時，房門傳來了聲音。

櫻厚雄知道是自己的兒子在偷看，他立即衝出去！

他看著只有四歲的兒子，一巴掌打在他的臉上！

「賤種！你在做什麼？！」櫻厚雄用力捉住他的頸：「你聽到什麼？」

男孩表情痛苦。

「如果你跟媽媽說，我一定打死你，知不知道？！」櫻厚雄兇惡地說：「知不知道！」

「知……知……道……」

「別阻著你老爸快活！走！別走過來！」櫻厚雄大叫。

然後，他用力關上房門！

男孩流下眼淚，不過他不敢發出聲音，只用手掩著嘴巴流淚。

他聽到房間內傳來了呻吟的聲音。

一個只有四歲的男孩，用兇狠的眼神看著房門。

他非常的憤怒！

……

…

．

一九九七年年初。

櫻厚雄與宋楚玲的不倫關係，就在這一年結束，原因是……

宋楚玲肚中的孩子！

「為什麼要生出來？快去做流產手術！」櫻厚雄說。

「不！我要把她生下來！」宋楚玲摸著肚子。

「妳瘋了嗎？」

「她是女生，我一直也很想要女生！我要生下來！」

「別想我給妳錢養你們一家！」櫻厚雄說。

「我才不會說是你的孩子！我要自己親手把她養大！」

「別再來找我！走！」櫻厚雄打開鐵閘趕宋楚玲走。

在家中的男孩，把整個過程也看到了。

非常生氣的櫻厚雄看著他：「你在做什麼？你想告發我？跟你媽說？」

「不……不是！」男孩向後退，他知道自己又要捱打。

「你給我站著！」櫻厚雄拿起了一把鐵尺。

那個時代，在中國人的社會中，「虐兒」就像是家常便飯，而喜歡喝酒的櫻厚雄，更加是變本加厲。

這次以後，櫻厚雄與宋楚玲再沒有聯絡，就算是住在對面，也沒有任何的對話，櫻厚雄是人渣中的人渣！

一九九七年年尾，孩子出世。

尾崎奈出世。

《如果他是為了性而愛你，沒問題，但別要幻想會跟他有未來。》

一九九八年某一天。

男孩就像平時一樣，蹲在鐵閘前，看著街坊在走廊中經過。家中沒有玩具，這是他唯一的娛樂。

「喀嚓！」

此時，他聽到了一下快門拍攝的聲音，他看著對面單位的男孩，尾崎空。

櫻花樹看著尾崎空。

從前的公屋屋邨，大家也不會關上木門，因為空氣可以流通一點，不用經常開冷氣。

兩個只有五六歲的男孩對話。

「你在做什麼？」櫻花樹問。

「這應該是最後一張相片，我在拍你。」尾崎空說。

櫻花樹看著他手上的相機。

「給我看看相片。」櫻花樹說。

「不，要去曬相才可以看到。」尾崎空說。

「要去曬相嗎？」櫻花樹說：「我幫你。」

尾崎空看著他，沒有說話。

「我幫你。」櫻花樹再說一次。

其實他當時根本不知道什麼是曬相。

尾崎空打開了相機，爸爸有教過他如果拿出了菲林，拿出菲林後，他扔了給櫻花樹。

櫻花樹看著圓筒形的菲林，覺得很特別。

「下次給我看相片。」尾崎空目無表情地說。

「好。」櫻花樹說。

沒想到，尾崎空說的「下次」，會是……

二十多年之後。

……

…

．

數天之後，窗外下著傾盆大雨。

這天，就是宋楚玲自殺的日子。

「你在做什麼？」櫻花樹看著對面的尾崎空。

「加點檸檬汁。」尾崎空說。

「但這不是用來洗碗碟的嗎？」櫻花樹看得出來。

「沒問題的，很好喝。」

尾崎空打開了一支檸檬味的洗潔精，他把洗潔精……

加入給尾崎奈飲用的奶樽之中！

然後，他也倒入一個玻璃杯之中。

「你要嗎？」尾崎空說：「來一杯？」

櫻花樹想伸手卻沒有：「不要了。」

「那我去給妹妹喝了。」

櫻花樹說完回頭就走回單位之內。

不到十分鐘，櫻花樹聽到了對面單位內傳來了悽厲的哭聲與歇斯底里的大叫。

他一直緊瞪著尾崎空的單位。

「空……你瘋了嗎？瘋了嗎？你……你給奈喝了什麼？」一頭凌亂短髮的宋楚玲說。

「只是檸檬汁，我也喝了一杯。」尾崎空木無表情地說：「媽媽，妳要喝嗎？」

「為什麼？你想殺死自己的妹妹？為什麼你跟峰一樣！為什麼？？！！！」

宋楚玲瘋了一樣把桌上的杯碟推倒在地上，伴隨尾崎奈的哭聲，讓人非常心寒！

櫻花樹沒有說話，他一直看著對面單位的情況，卻沒有任何的表情。

「都是我的錯！我把你們生了出來！都是我的錯！」

尾明智死後，就只有她一個女人獨力去撫養孩子，加上長年精神病的問題，宋楚玲已經失去理志。

「我死了會更好，哈哈！一定是！我死了會更好！」宋楚玲又笑又哭地不斷重複：「死！死！死！死！死！」

下一秒，櫻花樹看到宋楚玲，走到那間貼滿了可愛大笨象牆紙的房間，走到玻璃窗前，很快，她就在眼前消失。

單位內，只餘下尾崎奈的哭聲，還有看著宋楚玲跳下去的尾崎空。

尾崎空很平靜，沒有驚慌與痛苦，慢慢地走到玻璃窗前，俯瞰樓下的景象。

不久，已經聽到了警車的警號，櫻花樹還在看著一動也不動的尾崎空。

不知道有多久，尾崎空慢慢地回頭，他的口中已經吐出了白泡……

而在他的臉上，出現了一個笑容。

然後，他倒了在地上。

櫻花樹全身也出了冷汗，他用盡力握緊鐵閘的鐵支，心跳從來也沒試過跳得這麼快！

當年只有五歲的他，第一次看到了……

魔鬼的笑容！

真、正、邪、惡、的、笑、容！

《別被本性完全控制你的想法。》

空記起了那個男孩就是櫻花樹後兩天，立即約他出來，櫻花樹說見面的地點，就是旺角新填地街天台。

兩個男人，危坐在石壆上。

他們是尾崎空與櫻花樹。

「當時，你就像現在一樣，看著下面。」櫻花樹俯瞰大街上的路人：「看著跳下去血肉模糊的宋楚玲。」

尾崎空神情呆滯，也低頭俯瞰著大街。

「是你害死了自己的媽媽，還想毒死你妹妹。」櫻花樹看著他。

「你……有什麼證據？」空的眼睛沒有移開：「你所說故事……有什麼證據證明是真的？」

「你自己依稀的記憶，不，應該是愈來愈清晰的記憶，不就是最好的證據嗎？」櫻花樹說。

尾崎空沒有回答，因為聽了他所說的故事以後，他的記憶愈來愈清晰。

「而且，我擁有你們的相片也是證據，當然，還有其他相片吧。」櫻花樹從褲袋中拿出了一樣東西：「你看到就明白了。」

尾崎空慢慢把頭抬起，充滿血絲的眼睛，看著櫻花樹手上的東西。

是一束長頭髮，用一條紅色的絲帶緊緊地綁著。

尾崎空的眼睛瞪大！

「這是妳媽媽的頭髮。」櫻花樹說：「當年，她剪了一束頭髮給我爸，說是什麼一刀兩斷的證明，哈，我狗屁的父親一手就掉入垃圾桶，我卻拾了回來一直保存。」

尾崎空已經記起了最後媽媽不是長髮的事。

「你可以用DNA鑑證，不過，其實也不用吧，因為我連這些也知道，你心中有數，我說的話都是真的。」櫻花樹收起了笑容：「我不知道你記起了什麼的回憶，不過，當年是你親手害死了你自己媽媽，你跟你哥一樣，都是邪惡的惡魔！」

空不斷搖頭。

「如果不是你讓妹妹喝洗潔精，你媽媽就不會崩潰到要從二十六樓跳下來！」櫻花樹說得激動：「如果我是你，我一定會覺得死了會更好！用同樣的方法，跟你媽的自殺方法一樣地死去！」

「不要再說了！」空大叫。

「跳下去，你可以再見到你媽媽，然後跟她道歉！因為都是你害死了她！害死了宋楚玲！」

櫻花樹這個人能成為「不生存自殺協會」的人，絕不是簡單。從谷宇蔡事件，甚至到周豪明，他也經過長時間的部署，而他的目標，只有一個，就是……

尾崎空。

他的說話技巧非常厲害，找回痛苦回憶的人，聽到他的說話，一定會「動搖」，就算，是一個本來沒想過自殺的人……

也會動搖。

當然，櫻花樹知道只有說話，未必完全可以讓尾崎空跳下去。

然後，他做了一個動作……

真正讓尾崎空完全崩潰的動作。

「就跟你媽媽，一起跳下去吧。」

櫻花樹把手上那一束長髮向半空拋出，就像變成了慢動作一樣，尾崎空看著長髮一根一根向下掉。

媽媽的長髮掉下！

這畫面讓尾崎空回憶起當年宋楚玲跳下去的過程！

「媽媽！」他大叫了一聲，踏前了半步。

「跳下去吧！再見了！」櫻花樹大叫。

「媽，我要來見你了。」

尾崎空說。

「哥，我也來了。」

尾崎空說。

就在此時，天台的大門打開！

一把熟悉的聲音大叫。

「空！別要跳下去！」圓圓說。

「別走過來！你們走前一步，他就跳下去！」櫻花樹喝停了他們：「空，去見他們吧。」

就在這千鈞一髮之際……

「關秀文……我也來了。」尾崎空說。

關秀文是誰？！

一個從來也沒在尾崎空故事中出現過的名字！

只有一個人，聽到這個名字後，完全呆住！

櫻花樹瞪大眼睛看著空！

「是不是這樣？」空的眼淚流下，用淚眼看著他說：「這……就是你的計劃？」

「這就是你的報仇計劃嗎？」

《自殺不是解脫，自殺只是逃避。》

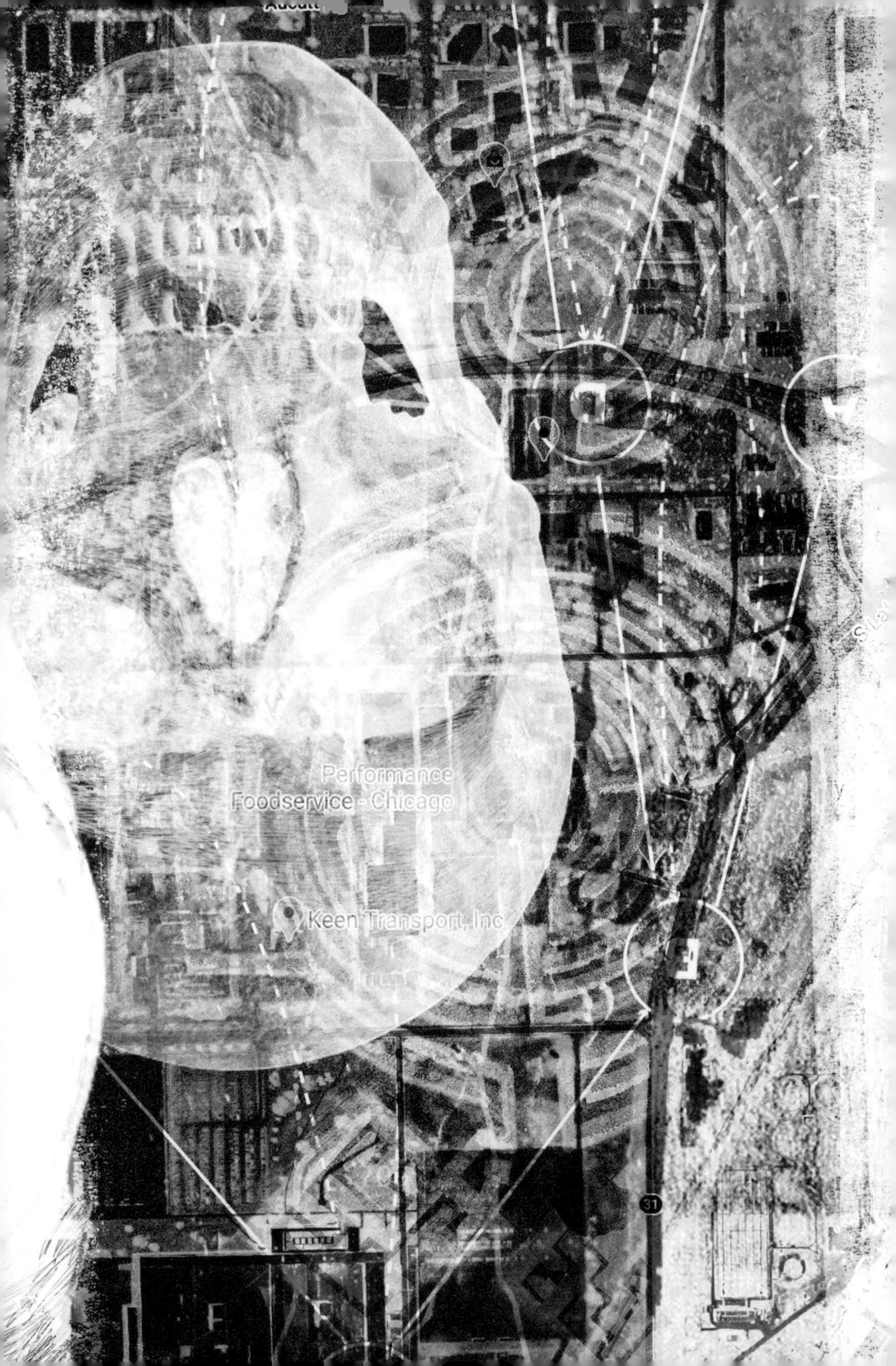
Performance
Foodservice - Chicago
Keen Transport, Inc
31

CASE
FOUR

Suicide Association

不生存自殺協會

如果我們不曾相遇

CASE FOUR

Suicide Association

不生存自殺協會

如果我們不曾相遇 01

二零一二年。

櫻花樹，十八歲。

他跟父親櫻厚雄已經搬到了另一屋苑。

櫻花樹回家後，看到喝到爛醉的櫻厚雄，只看了一眼，招呼也沒打，他走回自己的房間。

「樹回來了嗎？有沒有給我買飯？」櫻厚雄醉醺醺地問。

「沒買，你自己去買。」櫻花樹說。

「什麼？」櫻厚雄從沙發站起，走向了他：「你要餓死你老爸嗎？」

「死了更好。」櫻花樹沒理會他，準備開門。

「你說什麼？」櫻厚雄一手搭在他的肩膀上。

櫻花樹立即轉身！

「我說……」他一手掐著櫻厚雄的頸：「你、死、了、更、好！」

櫻花樹已經不是小孩，比父親高出一個頭，他已經不需要再啞忍櫻厚雄。

「快……快放手，窒……窒息了……」櫻厚雄表情辛苦。

「如果你不是我爸，我一早代媽媽殺了你！」阿樹鬆開手，沒有表情的他更讓人戰慄：「一，是你自己去買；二，不想買就等餓死好了。」

櫻花樹把幾張二十元紙幣掉在地上，然後，用力地關上大門。

他的房間，已經放滿了一箱箱的紙皮箱，很明顯他即將準備搬走。

單位只有他跟櫻厚雄？

沒錯，因為在十二年前，櫻花樹的媽媽已經死了。

自殺死去。

櫻花樹看著一個已經生鏽沒用的鐵盒子，掉入了垃圾桶。要搬到新地方，他不需要舊的東西。

忽然，他再次看著鐵盒，在垃圾桶撿回盒子，拿起來打開看，是小時候的「小玩具」。因為小時候父親不會買玩具給他，當他看到什麼有趣的東西時，就當是自己的玩具。

「這是？」

在垃圾一樣的「玩具」中，他看到了一筒菲林，阿樹拿起來看。

「好像是小時候……」櫻花樹想起了他。

想起了尾崎空。

第二天，他拿著菲林到影相店曬相，一張張有關尾崎空一家人的相片，出現在他眼前。

櫻花樹想起了自己的母親……關秀文。

在宋楚玲跳樓身亡的兩年後，關秀文發現了櫻厚雄與宋楚玲的事，她甚至知道鄰居的女兒，其實是自己老公的女兒，她完全沒法接受。

加上更多櫻厚雄所做的壞事，最後關秀文選擇了跟宋楚玲一樣，跳樓自殺。

當時，他們一家已經搬到另一個屋邨，所以沒有人知道，她的死是跟宋楚玲有關。

自此以後，櫻花樹就跟父親一起生活，他心中的「恨」，絕對不是一個小小年紀的兒童可以承受。

他痛恨自己的父親，還有尾崎空一家，破壞了自己的家庭。

直至，五年後，他加入了「不生存自殺協會」，他決定了開始……

「復仇計劃」。

他想起了小時候，他經常偷聽宋楚玲與父親在床上的對話，加上了手上的相片，非常聰明的櫻花樹開始組織尾崎空的過去，而且，他當年是親眼看著宋楚玲跳樓死去。

最初，他以為尾崎空知道自己母親自殺的原因，後來他看到一則有關「自殺調查社」的報導，發現尾崎空所說開辦調查社的原因，跟他小時候看到的畫面完全不同。經他的調查，發現空根本忘記了那段過去，甚至記憶一直也在欺騙自己，才會開辦「自殺調查社」，幫助找不到自殺原因的委託人，找尋死者的自殺原因。

阿樹開始接近他。

之後的事，就是利用不同的方法，讓「不生存自殺協會」與「自殺調查社」慢慢地相連起來，不惜要害死其他人，他也要讓……

一個沒想過自殺的人，選擇自殺。

這也是「不生存自殺協會」的宗旨。

來到這一天。

櫻花樹的計劃接近完成。

不過，可惜……

來到最後……

《如果你從傷害別人得到快樂，那不是快樂，只是自私。》

旺角新填地街天台。

「這就是你的報仇計劃？」我看著他。

阿樹第一次在我眼前，出現這個不知所措的眼神。

「我不知道你在說什麼。」他說：「快跳下去，我對付完你之後，就到你的妹妹！然後就是調查社的所有人！」

我抹去眼淚：「你說得對，所以……我就算有多痛苦，**也絕不能這樣死去**。」

「什麼？」

我回頭看著圓圓、宇馳、野芽，還有繪，我給他們一個堅定的眼神。

「我想跟你說，剛才我不是在演戲，我有一刻真的想什麼都不理跳下去。」我抬頭看著藍藍的天空：「不過，我想起了身邊的朋友、親人，你說得對，如果我死了，你就會對付我身邊重要的人，我又怎會讓你這樣做？」

身邊……重要的人。

對於櫻花樹來說，這一種人，一個也沒有。

「你不是說，如果你是我，會選擇跳下去嗎？」我反問：「不，你永遠不會是我，因為我擁有的跟你擁有的不同，我失去的跟你失去的也不同。」

櫻花樹呆了看著我。

「我寧願背上一切的內疚與責任生存下去，也不會尋死，我不是想發出什麼正能量，我只是想用這方法……懲罰自己，同時，努力去補償沒法補償的錯誤，為了保護身邊重視的人，我會背著害死媽媽的罪名，繼續生存下去。」我緊握著拳頭：「我不會像你一樣，想著怎樣去報仇，我反而會希望幫助有需要找出自殺原因的人，去找出背後的真相！」

「為什麼……」

「樹，這次你……輸了。」我跟他微笑：「我不會因為你的計劃而自殺，你失敗了。」

「明明……我親眼看著是你害死宋楚玲……為什麼……你反而……」

「因為……我不是為我自己而生存，而是為我所愛的人。」

自殺死了，一了百了，的確是很簡單，不過，這樣我們就只是為了自己，而我的生命，從來也不是屬於我自己，而是屬於我重視的人。

為了保護重視的人、為了幫助有需要的人、為了不讓同樣重視我的人痛苦而……

「生存下去」。

這就是，媽媽說「你要好好生存下去」的……

真正意思。

我不知道阿樹明不明白我的說話，不過，我知道聰明的他，總有一天會想通。

就像我一樣會想通。

我們也靜了下來，沒有說話，就由涼風拍打在我們的臉上。

不久，櫻花樹終於說話。

「我不認同你的說話，不過……這次我是徹底的失敗了。」他凝重地說：「為什麼你會知道我的事？為什麼你會知道關秀文這個名字？你不可能知道我媽自殺死去，當年我們已經搬離你的屋邨。」

「兩位，不如你們先下來再說吧！」宇馳在他們身後大叫。

「你要小心。」我跟宇馳點頭後，再次看著阿樹：「我們先下去再說。」

「我要小心？小心什麼？」

正當我想說下一句「因為有人想對付你」之時，天台的大門打開，一個陌生的男人走了進來。

「看來，阿樹你失敗了。」他說。

……

…

．

那天，大屋地牢。

「我在想……如果可以讓你自殺，應該是我人生中最大的成就。」

他喝下了一口紅酒。

《真正的計劃，都埋藏在很多很多計劃之下。》

一個二十出頭、身材高挑的男生走向我們。

「是你？」宇馳擋在他們的前方。

「只有你知道我是誰呢。我先向大家介紹，我叫康子橋，你們不認識我。」他噗哧一笑：「不，你們應該認識我，用另一個稱呼你們就知道了，我是……邱雯晶的前男友。」

「什麼？！」

這把聲音，沒有錯，就是在電話中把阿樹的事告訴我的人。

原來……就是他。

「別走前來！」宇馳說：「為什麼你會在這裡出現？」

「我出現在天台有問題嗎？是不是犯了什麼法？」康子橋沒有理會宇馳，繼續走向我跟阿樹。

宇馳想阻止他，阿樹卻說話：「原來是你，是你把我的事告訴了他。」

「沒錯，是我通知了尾崎空。」康子橋說。

我們三人，就像三角形一樣，站著互相對望。

「本來以為你可以讓他自殺，沒想到這麼周詳的計劃，最後卻是失敗收場。」康子橋說。

「對，我失敗了，因為……」阿樹說：「我算漏了你。」

「不，你不只算漏了我，你是完全忽視我了。」康子橋拿出了一台舊手機：「你記得這台手機是屬於誰的嗎？」

阿樹瞪大了眼睛。

同一時間，警車的警號響起，很快會有警察上來。

康子橋按下了播放掣。

畫面中出現了一個男人與小孩。

「爸爸……不要……」男孩痛苦地說。

「怕什麼，來吧，不會很痛！來吧！」

男人脫下了男孩的褲子，然後要他趴在床上蹺起臀部。

男孩痛苦地大叫，之後的畫面已經不用再說下去。

這個男孩就是……櫻花樹！

「我真想知道這是什麼感覺？痛嗎？」康子橋說：「櫻厚雄的手機還有很多你的『過去』呢，精彩到我想吐！」

櫻花樹全身在抖顫，沒法說出話來。

「尾崎空，別要怪阿樹這麼痛恨你，因為是你媽媽毀了他們一家，你媽沒再跟櫻厚雄見面以後，阿樹就成為了櫻厚雄的洩慾工具！」康子橋說：「哈，阿樹！那種感覺應該會一直記著，痛苦得真的想死！」

為什麼要提到我？

為什麼要提到……死？

畫面還未完結。

拍片的人是誰？

畫面移動到一面鏡子之前，一個女人正在用一台巨型的攝影機拍攝著，她是阿樹的媽媽關秀文！

「拍到了嗎？」櫻厚雄一面擺動身體一面說：「拍好一點！」

關秀文流下眼淚，痛苦地點頭。

痛哭中的櫻花樹，看著媽媽……

他們兩母子可以反抗嗎？

不，他們兩母子什麼也做不了……

什麼也做不了！

「很可怕的一家人，超級變態！」康子橋大叫：「這些回憶會一直存在，我想你媽都是因為這些事情，沒法抽離才會自殺！真的是死了會更好過！」

「死、了、會、更、好、過！」

我終於明白了……

「不生存自殺協會」就是要讓一個沒有自殺念頭的人選擇自殺，我是阿樹的「目標」，而阿樹就是康子橋的「目標」！

櫻花樹沒法再看下去，他轉身看著街上的行人，全身也在震！

「別要！」我大叫：「別被他影響！」

「對！別要跳下去！別要！」康子橋大叫。

是消極暗示！

「不要」做，就是「要」你跟著做！同時，他這樣說，就算警察來了，我們也不能說他在教唆別人自殺！

「阿樹！」

我嘗試走向他！

《無論活到幾多歲，每個人都有痛苦的過去。》

「別過來！」阿樹大喝：「看來……你說得對，我不是你，我的人生不像你！同時，你也不是我，你不會明白我的痛苦！」

「不要這樣的！要生存下去！」我大叫：「不能就這樣死去！」

「到頭來，我不只是輸了，我甚至是毀了自己的人生……」

他的眼淚已經不禁流下。

「你終於明白我一直想報仇的原因？」阿樹用淚眼看著我：「那種痛苦、那些童年的陰影不會離開我，不會！」

「我不是說過嗎？我們不是為了自己而生存，而是為了別人！」我緊張地說。

沒想到，本來我是被慫恿自殺的人，現在卻希望可以拯救一個慫恿我自殺的人！

為了叫他不要自殺而說話！

「不，沒有任何人不想我死，我也不會為別人而生存！」阿樹又哭又笑：「來到這一步，其實也正好是時候作一個了結……」

「不！」

我還可以說什麼？！

我還可以怎樣說服他？！

我不會讓第二個人死在我眼前！

「我的投資計劃，你還未回覆我詳細資料！」

此時，我身後的繪大叫。

「無論你的過去是怎樣……」宇馳認真地說：「你的確是幫助我找出宇蔡自殺的真相！」

「或者我們連朋友也說不上，不過，這幾個月，你的名字在我們自殺調查社，出現得最多！」圓圓接著說：「你說沒人重視你？你說沒人不想你死？錯了，我們都不想你就這樣死去！」

「沒錯！我在電腦輸入得最多的名字，就是……」野芽說：「櫻、花、樹！」

我看著他們……

或者，只有我一個人沒法說服阿樹，但「我」不是一個人！

「我」還有他們！

「樹，聽到了嗎？還記得我們一起去燒烤嗎？還記得你第一次來到我們自殺調查社嗎？」我一步一步慢慢地移向他：「或者我們不是真正的朋友，不過，你的名字、你的樣子、你的想法，一直也在我們的腦海中出現，我們想盡方法打敗你！你……並、不、是、只、有、自、己、一、個、人！」

我已經來到了可以捉碰他的位置，我伸出了手。

櫻花樹看著我。

此時，康子橋也站前了：「如果你媽媽真的很愛你，她一早已經阻止這件事的發生！可惜，她並沒有，你要為媽媽報仇嗎？你真的是這樣想？哈，我只是陳述事實，沒其他意思！」

沒其他意思？根本全都是對準阿樹的要害而說！

「別再說了！」我看了宇馳一眼，宇馳知道我想他把康子橋拉走。

「跟我走！」宇馳捉住了康子橋拉的手臂。

「你為了一個不愛你的女人報仇？你一開始就是錯！」康子橋繼續大叫：「你再走下去都會是錯！因為關秀文……根、本、不、愛、你！！！」

櫻花樹像被他提醒了一樣，瞪大了眼睛。

他下一個動作，是看著我……微笑！

「謝謝你，空！」

然後，阿樹向前踏出了一步！

「不要！！！」

……

…

.

櫻花樹小時候的回憶。

「媽媽，我很痛。」阿樹瑟縮在家中的一角，摸著自己被櫻厚雄打的瘀傷。

「別怕，媽媽在，媽媽會保護你。」關秀文深深地擁抱著阿樹。

「媽媽……」

「沒事的。」關秀文流下眼流，看著喝到爛醉的櫻厚雄：「總有一天，我們會走出痛苦。」

「要何時才可以走出痛苦？」阿樹問。

「很快了。」關秀文說：「我會先走一步。」

「媽媽別要掉下我！」

「不會，我不會掉下你。」關秀文抹去淚水，強擠出笑容說：「阿樹，你一定要……好好活下去。」

好好地……活下去。

……
……
……這是櫻花樹跳下去時……
最後的回憶。
最快樂又最痛苦的回憶。

《他愛不愛你，是你自己感受，而不是由別人跟你說。》

If You Ever Have Had
The Idea Of
Suicide ......

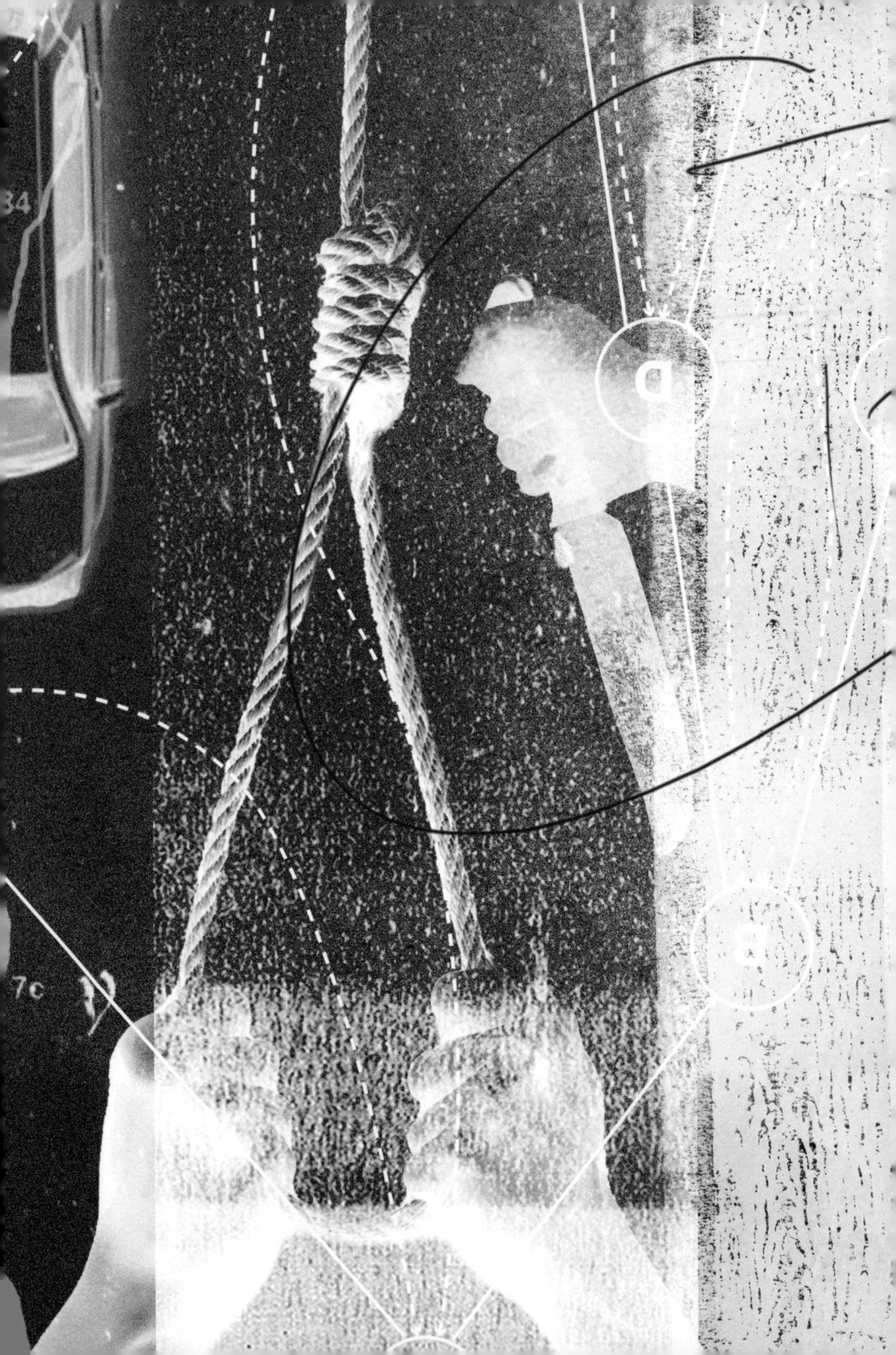

CASE
FOUR

Suicide Association

不生存自殺協會

最好的一天

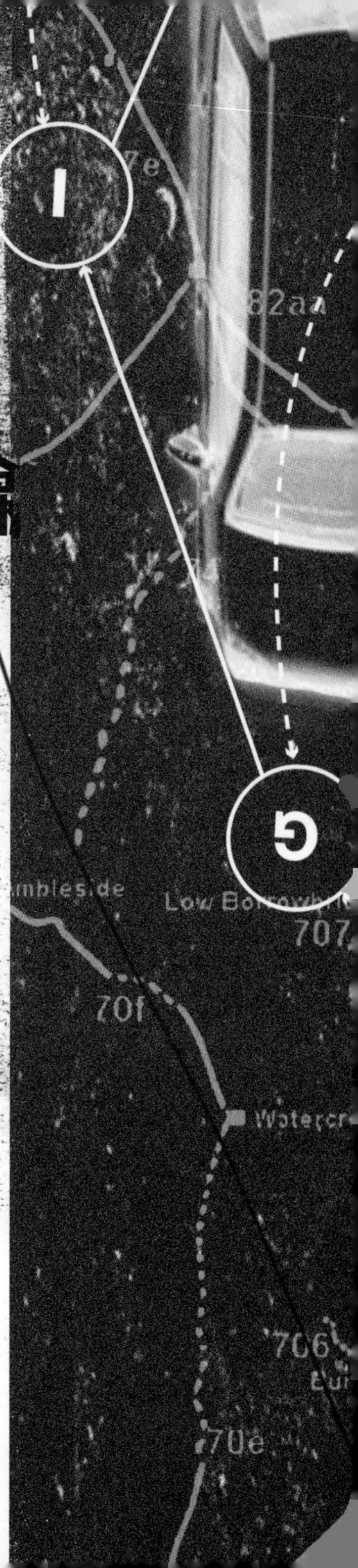

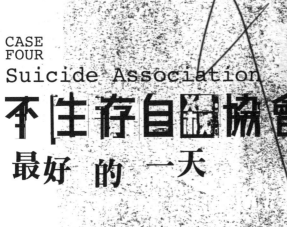

CASE FOUR

Suicide Association

不生存自殺協會

最好的一天 01

一星期後。

風雨過後，又回到正常的生活。

繪的假期完結，已經回到自己的工作，而圓圓、宇馳與野芽繼續幫助我營運自殺調查社。

調查社內。

我在「死亡手冊」上寫著。

案件名稱： 不生存自殺協會

委託者： 自殺調查社

調查對象： 周豪明

收費： $0

調查狀況： 已結案

然後，我把一張相片給他們看。

「嘩！空你搞什麼鬼？又給我們看這些！」野芽掉下了相片。

「你不會對這些有『性趣』吧？」圓圓用懷疑的眼神看著我。

「空原來你是變態佬！」宇馳大叫。

「你就變態，看真一點。」我說。

相片是周豪明年輕時跟牧羊犬大大MAN在房間中拍到的影片cap下來的圖。

「這……」圓圓拿起了相片。

「對，周豪明當時是著上短褲的。」我把手機給他們看，顯示的是放大了的圖：「我叫杜強幫忙，找來了專家去分析，周豪明根本沒有跟牧羊犬做著那些事，有可能只是他在玩，而不是我們想得這麼變態。」

「原來如此……」

有一句說話經常聽到……「什麼人想什麼事」，我們都習慣了把某些人與事先入為主，然後去判斷最後的結果。因為「先入為主」，所以有很大機會，不是事實的全部真相。

「前天，我去找過周錦，跟他說了這件事。」我說。

「什麼？」大家也很驚訝。

「每個人都有秘密，無論是好人還是壞人，都有屬於自己不能告訴別人的秘密，我們沒法知道，誰可能曾經出手打過女人、誰可能衣櫃中藏屍。不過，有一點我們是可以知道的，如果那個人守著一個秘密不是為了自己，而是為了身邊的家人，那個人，就算是壞人，也是一個對家人好的壞人。」我說：「我是這樣跟周錦說的，不知道他明不明白我的意思，不過，至少我代周豪明說出真相。」

此時，調查社的門鈴響起。

野芽走到大門前開門，然後幾個送貨工人把一箱箱紙箱搬入來。

「這是什麼？」我問。

「是我老闆與太太送給你們的。」送貨工人說：「我們公司的蠔油、豉油、辣椒醬、

XO醬等等，應該有二三十箱。」

我看著箱上印著周錦公司的LOGO，苦笑了。

「空，我想他明白你的意思。」圓圓笑說。

我苦笑，的確是。

工人離開後，我們四個人看著二三十箱紙箱。

「痴線！吃十年都吃不完！」宇馳說。

「看來，我們沒收錢，卻得到報酬了。」我說。

「我放上網轉購！當是調查的費用吧！」野芽說。

「XO醬留下，我最愛吃XO醬！」宇馳說。

「不，全都放上網！要錢更重要！」野芽說。

「之後再說吧，現在我們來作最後的結案。」我說。

「昨天我去了杜強的偵探社，看過他們的閉路電視記錄，看到你偷入偵探社之外，還在早前的記錄中，看到一個黑衣人潛入偵探社，用一些特殊的顏料在周豪明工作桌上寫上『兒子就是兇手！』，如果沒有估計錯，那個人就是櫻花樹。」宇馳說。

在周豪明抽屜找到的旺角新填地街相片，也是由他安排的，他除了利用周豪明來測試新藥，還利用他來引導我追蹤下去。

畢竟，他的目標不是周豪明、不是宇馳，而是我。

《你有為著別人守著秘密嗎？》

「我不明白，櫻花樹又怎知道空會偷入杜強偵探社？而且會觸發警鐘？」野芽問。

「妳的思維錯了，他當然不知道，空只是『走入了他計劃』的其中一條支線。」圓圓說。

「沒錯，就是這樣。其實櫻花樹還留下很多支線，或者，我沒有踏上那些支線，而走入了他安排『偵探社』的支線之中。」我說。

「他真的有這麼厲害嗎？」宇馳說。

「有，我問過金翠南，他最近收到了可疑的電話，不過沒有接聽。之後我知道了，是櫻花樹打給他，大概就是想把他也拉進事件之中，因為櫻花樹可能已經查到，在周豪明死亡的四五小時內，金翠南也有用WhatsApp聯絡過周豪明，可以好好利用。當然，金翠南並不知道。不過，這已經證明了櫻花樹已經想好了很多可以引導我的方法。」我說：「還有他把媽媽躺血泊中的相片發給奈奈，也是因為他要在對付完我之後，對付奈奈。」

奈奈怎說也是阿樹的同父異母妹妹，他還是要對付她，真的沒法想到，當時他的仇恨有多深。

「老實說，櫻花樹真的不是一個簡單的人。」圓圓說：「而且他也已經安排了多年，一般人就如周豪明，很容易會被他引導與煽動，然後……」

「被迫踏上絕路自殺。」我代她說出最後一句。

「還好空你不是「一般人」！哈！」宇馳說：「最後在天台時，也沒有選擇死去。」

其實我有想過的，不過，他們並不知道，嘿。

阿樹已經親口承認了，黑擇明曾說過思敏上過一個叫「不生存自殺協會」的網頁，就是他們組織的Deep Web網頁；姜隆懂得在月曆留下「三角形」的暗號，也是由他們協會的人教他這樣做。

還有谷宇蔡集體自殺的事件中，那個做中介人利用少女出賣身體換錢的「再生補習社」，也是跟「不生存自殺協會」有關，所以阿樹才會在事件最初找上了宇馳，當然，他的最終目的就是我。

「媽的！我們真的沒法控告那個『不生存自殺協會』？」宇馳說。

「還不夠證據。」我說：「不過經過我這事件之後，他們協會已經完全曝光，我已經交給了華大叔，他應該會繼續追查下去。」

「希望可以早日把這班人渣一網打盡！」宇馳帶點憤怒說。

我看著椅背上的雨褸，這是在元朗舊式工廈中救出的兩個女生還給我的，宇馳說得沒錯，我們不能再讓這些可怕的組織繼續擴大，我們要用盡所有的方法，去拯救那些弱小的人。

「不過，其實我們還是要小心，怎樣說我們也破壞了那個協會的『財路』，揭發了利用河豚毒賺錢的計劃。」野芽說。

「怕什麼！我一定會保護你們！」宇馳說。

「而且，『有人』欠我們一個人情，我相信當不生存自殺協會有什麼奇怪的舉動時，他一些會通知我，我們就可以有備無患。」我說。

這個人就是阿樹。

他不是在一星期前已經死去？

不，他並沒有死去。

《人生充滿了變幻，要忘記需要時間。》

一星期前，天台。

櫻花樹看著我……微笑！

「謝謝你，空！」

然後，阿樹向前踏出了一步！

「不要！！！」

就在他要墮下去時，我快速捉緊他的手臂！

「不……我不會再讓任何人在我……在我面前死去！」我用力捉緊他。

不過，如果當天阿樹沒有任何生存意志、不想爬上來，單憑我一人之力根本沒法拯救他！

宇馳他們馬上走了過來！

圓圓她們三個女生用力地捉住我的身體，不讓我被拖下去！

宇馳走到我身邊，他想跟我一起把阿樹拉上來：「給我手！」

可惜，阿樹沒有反應，他那一刻尋死的決心很強。

「快給我手！」宇馳繼續大叫。

「阿樹！」我大叫，手已經開始快鬆脫：「你不能就這樣死去！」

他沒有反應，就像用眼神跟我說：「讓我死吧。」

「我……我沒有選擇死去的原因……」我認真地說：「是因為……我才不要帶著這種表情死掉！至少，我人生，最後要**笑著離開**！你別要這樣死掉！」

我才不要帶著那種表情死掉，至少，最後要笑著離開！

他聽到我的這句說話後，眼睛泛起了淚光。

在一個本來想迫上絕路的人口中聽到這句說話，他……

流下了眼淚。

「快把手給宇馳，快！」我大聲說：「要笑著離開！不能像現在一樣！」

又有幾多人可以在生命結束前，笑著離開？

或者並不多，不過，這也是我們一生中，為了生存下去的……

最、終、目、標。

笑著回憶自己曾經痛苦的往事。

笑著放下自己傷痕纍纍的過去。

笑著，離開。

櫻花樹……

把手舉起……

宇馳捉住了他！

我們兩個人，加上我身後的三個女生，一起把櫻花樹拉了上來！

我們自殺調查社，合力拯救了他！

如何把一個人迫上絕路？很困難嗎？

不，更困難的是……

我們要如何去拯救一個被迫上絕路的人！

這一晚，我們自殺調查社……
做到了！

一星期後。
旺角新填地街天台。
今晚，跟平常的晚上沒有任何的分別，只是下著我最討厭的雨。
沒想到一星期前，我們在這裡經歷了一場可怕事件。
我們救了阿樹後，警察也到來，不過，康子橋已經趁我們救阿樹時悄悄地離開。
沒錯，最後他也失敗了。
櫻花樹，沒有死去。

「不生存自殺協會」，我們沒有足夠的資料去控告他們，不過，櫻花樹教唆他人自殺這事，有足夠證據起訴。

但最後我也沒有這樣做，因為櫻花樹答應了我們，把「不生存自殺協會」連根拔起後，他會去自首。

當然，我不能完全相信他，不過，他被我救了後、他伸出手的一刻，我知道，他已經對某些錯誤堅持的想法，妥協了。

我相信他一次。

同時，有了阿樹，我們調查「不生存自殺協會」更有利。

就因為這樣，我才會再次調查周豪明的影片，心中想，希望他們的家人可以原諒我沒有把間接害死周豪明的人繩之於法。

我的手機響起，是阿樹把一些資料發給我。

《把一個人迫上絕路很困難，更困難的是去拯救一個被迫上絕路的人。》

「穿雨褸真方便，不用撐雨傘，以後我也學學你。」櫻花樹走到我的身邊：「給你的資料是你跟你哥小時候的病症資料與案例，還有心理學家的分析，沒有反社會意識、沒有犯罪動機卻有殺人的意向，大部分會在六歲後慢慢改變，會出現這情況，大概是因為母體在懷孕期間吃下精神科藥物有關，其他的資料我會再給你。」

「謝謝。」我說：「不過，這不是我找你出來的原因。」

「不生存自殺協會的架構我會再給你，他們不是這麼簡單的，我只是其中一隻棋子而已，他們還有很多的不同業務，比如*假死組織、殺夫同盟會等等，而且……」

「你會去見見奈奈嗎？」我直接說出了我的要求：「怎樣說你也是她半個哥哥。」

他停了下來，然後說：「嘿，那我要叫你哥哥嗎？」

「你明白我的意思。」我說。

「我去見她？難道要我說，我跟康子橋聯手害死了櫻厚雄？然後說她是妳媽跟我爸生的不倫孩子？」阿樹說。

阿樹第一次跟康子橋合作，就是對待他的父親，所以他手上有櫻厚雄的手機。同時，也是康子橋介紹他加入不生存協會，康子橋的年齡比我們都小，不過，他的可怕之處，比阿樹更甚。

而成為邱雯晶的男友，也是康子橋的計劃，我並不知道，邱雯晶開啟那個自殺Facebook專頁，會不會也是康子橋的計劃。

「尾崎奈知道自己媽媽是自殺的嗎？」阿樹問。

「不知道。」

「我也猜到了。」阿樹說：「做哥哥我不適合，有很多職責，還是由你來做吧。」

我苦笑：「如果你想通了，我還是想你去跟奈奈見面。」

「明白了。」阿樹說：「空，我想問你一個問題。」

「請說。」

「你相信我親眼看著你媽墮樓死去嗎？」阿樹說：「而且還看著你給妹妹喝洗潔精，然後，看著你們被送到醫院，你真的相信嗎？」

「7000+8000，答案是多少？」我看著雨天說。

「15000。」他知道我的答案不是這麼簡單。

「有人會把7000+3000變成了10000，然後把最後的5000加起來，計算出是15000，也有人會把7000x2，然後加餘下的1000，最後得出的答案也是15000。」我說：「兩個計算方法也可以，而且最後得出的答案也是對的。」

阿樹沒有說話，我知道他在思考著我的說話。

「雖然結果都是一樣，不過思考方法與選擇相信哪一個計算方法卻是不同的。」我說：「我選擇相信我沒有記錯，我媽媽在死前曾跟我說……『要好好活下去』。」

我們的人生，是有得「選擇」，比如選擇相信生存下去會有「希望」。

「明白了，嘿。」阿樹說：「如果那時候我們成為了朋友，不知道今天會變成怎樣。」

「或者，你不會加入不生存自殺協會，而我也不會開辦自殺調查社。」我說。

「可能吧。」

我們一起看著下雨的天空。

「樹。」

「怎樣了？我都說會去自首，等我把康子橋抽出來，還有把協會連根拔起之後。」

他說。

「就算，她已經死去，但我才不會放下她，她可以繼續活在我的回憶中，只要我還沒有死，她就可以繼續在我的腦海中……陪伴著我。」

我說的「她」，就是我的媽媽，同時，也在說……

阿樹的媽媽。

我明白他的感受。

因為我們都失去了一個……

深愛自己的人。

「哥，我明白了。」

「什麼？」

「我沒說話。」

嘿，我明明就聽到……

算了，希望未來日子，我們合作順利地對付這個可怕的協會。

《無論你在哪裡，你永遠都在我腦海中，陪伴著我。》

＊假死組織，詳情請欣賞孤泣另一作品《愛情神秘調查組》。

晚上，圓圓家。

「嘩！很痛！」我大叫。

「忘了跟你說，方方是男仔，他不喜歡男人。」圓圓說。

我看著手臂上的貓爪痕，還有「圓圓」養的公貓「方方」，一切都變得非常搞笑。

「哥呀！你別要弄傷方B！」奈奈走了出來抱起那隻貓：「方B乖！」

什麼？我弄傷牠？有沒有搞錯？

我看著那隻得戚的灰色貓，只能苦笑，貓征服世界的日子，指日可待。

本來奈奈住在調查社，不過，因為我還是覺得我們工作的關係，不是太方便，最後決定讓她暫住圓圓家，等所有事情真正的結束後，她才搬回自己家住。

「這幾天她心情OK。」圓圓在我耳邊說：「交給你了。」

「嗯，沒問題。」

「奈奈，我去買貓罐罐，家中沒有了，你跟空在家等我吧。」圓圓說。

「好的。」

「空，別碰我的遊戲機！」圓圓跟我單單眼。

「知道！」

圓圓走後，只餘下我跟奈奈，還有那隻灰色貓。

「奈奈，其實……」

「明白的。」她不等得說完：「你瞞著我，不把真相告訴我，只是為了我好。」

她已經知道，我是想解釋沒有說出她真正親生父親的事。

「哥，我知道你一直想保護我，所以不會怪責你，要怪都要怪那個賤男人！我不會承認他是我爸爸！」奈奈說：「還有那個想對付你的櫻花樹，雖然他也算是我半個哥哥，不過，我才不會承認的！我只有一個哥哥，那個人就是尾、崎、空！」

我看著她認真說話的樣子，不知何來的感動。

她……長大了。

那個要別人擔心的尾崎奈，已經長大了。

「你不用擔心我，別要以為我像那些電視劇女主角一樣沒法接受現實，其實當我知道事實時，的確有一點不知所措，不過，最重要是『現在』，我有你、細姨，還有圓圓他們，我才不會苦著臉說自己很痛苦！」

「明白了，害我還擔心要怎樣跟你解釋。」我苦笑。

「解釋什麼？我才不是三歲小孩，哈！」奈奈摸著灰貓：「媽媽看到我們現在已經長大成人，一定覺得很安慰！」

「怎樣好像到妳安慰我一樣？」我說。

奈奈還是未知道媽媽自殺的事。

「我不會忘記媽媽的所有事。」我說：「就算她已經死了，我才不會放下她，她可以繼續活在我的回憶中，只要我還沒有死，媽媽就可以繼續在我的腦海中陪伴我。」

「真不公平啊！我也很想擁有跟媽媽的回憶，得到媽媽的愛！可惜，當時我才一歲！」奈奈說：「我很想真正記得媽媽，而不是在看相片想像！」

我看著她微笑。

「笑什麼？」

我指著她的臉蛋：「妳不是一直也看著她嗎？」

「我？」

「因為妳太像我們媽媽了。」我說：「奈奈妳知道嗎？」

「知道什麼？」

「媽媽把妳留給我了。」

奈奈從來也不是我的負擔，她才是我最重要的「禮物」。

媽媽留給我最好的「寶物」。

所以，我跟櫻花樹說，生存下去不是為了自己，是為了身邊所愛的人，是真心的說話。

我們對望微笑了。

「快叫我媽媽吧！」奈奈暗笑。

「妳傻了嗎？妳像媽媽而已，才不是媽媽。啊？等等……我看錯了，看真一點，我覺得媽媽比妳美很多才對！」我揶揄她。

「才不是，是你剛才說我像媽媽的！我跟她一樣美！」

「不，媽媽比較美！」

「不是！」

「喵～」此時，灰貓叫了一聲。

我們一起看著灰貓，大笑了。

「啊？對！有一件事我很想知道！」奈奈說。

她……不會是想問有關媽媽死的事吧？

「我想知道中學時代，你失蹤了半個月才回家，你去了哪裡？」她問。

嘿，原來是這件事。

「秘密。」

「什麼？！過了這麼多年，你還是不肯說嗎？」

我想了一想說：「是『光大聯盟』，只能說到這裡，其他的全部都是秘密。」

「『光大聯盟』？跟我們讀的光大中學有關？」她問。

「秘密。」

「方B！攻擊！」奈奈發聲施令。

「喵！！！」

「不要！」

灰貓撲向我，我躺在地上！

「救命呀！！！」

我躺在地看著窗外的夜空。

媽媽，我有好好活下去。

而且奈奈也有好好活下去。
妳不用擔心我們了。
妳要我好好活下去嗎？
我……兌換承諾了。

《只要我還沒有死，他就可以繼續在我的腦海中陪伴我。》

＊光大學校，詳情請欣賞孤泣另一作品《教育製道》。

自殺調查員

第三部

完

If You Ever Have Had
The Idea Of
Suicide ......

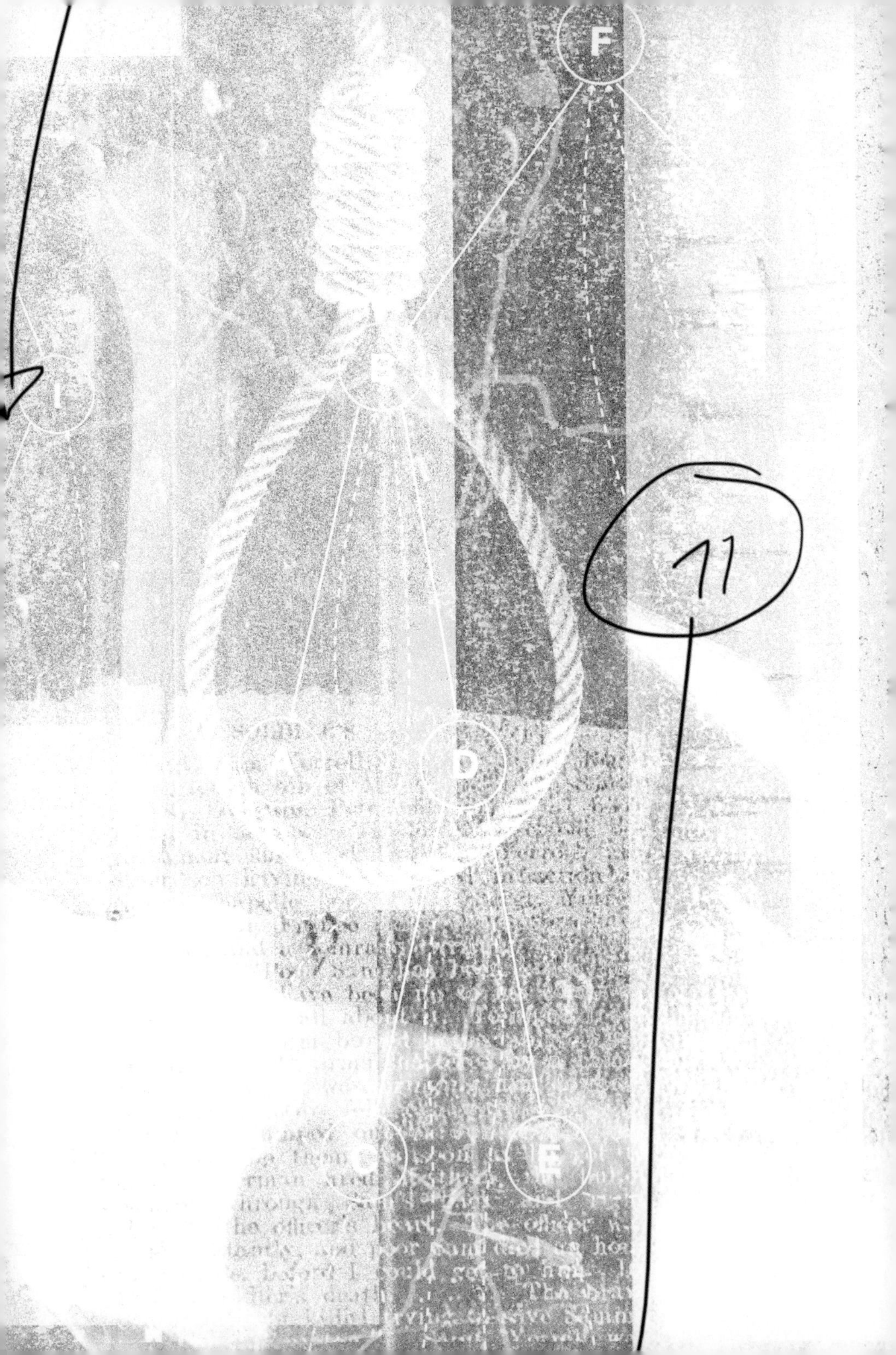
F
B
I
A
D
C
E
11

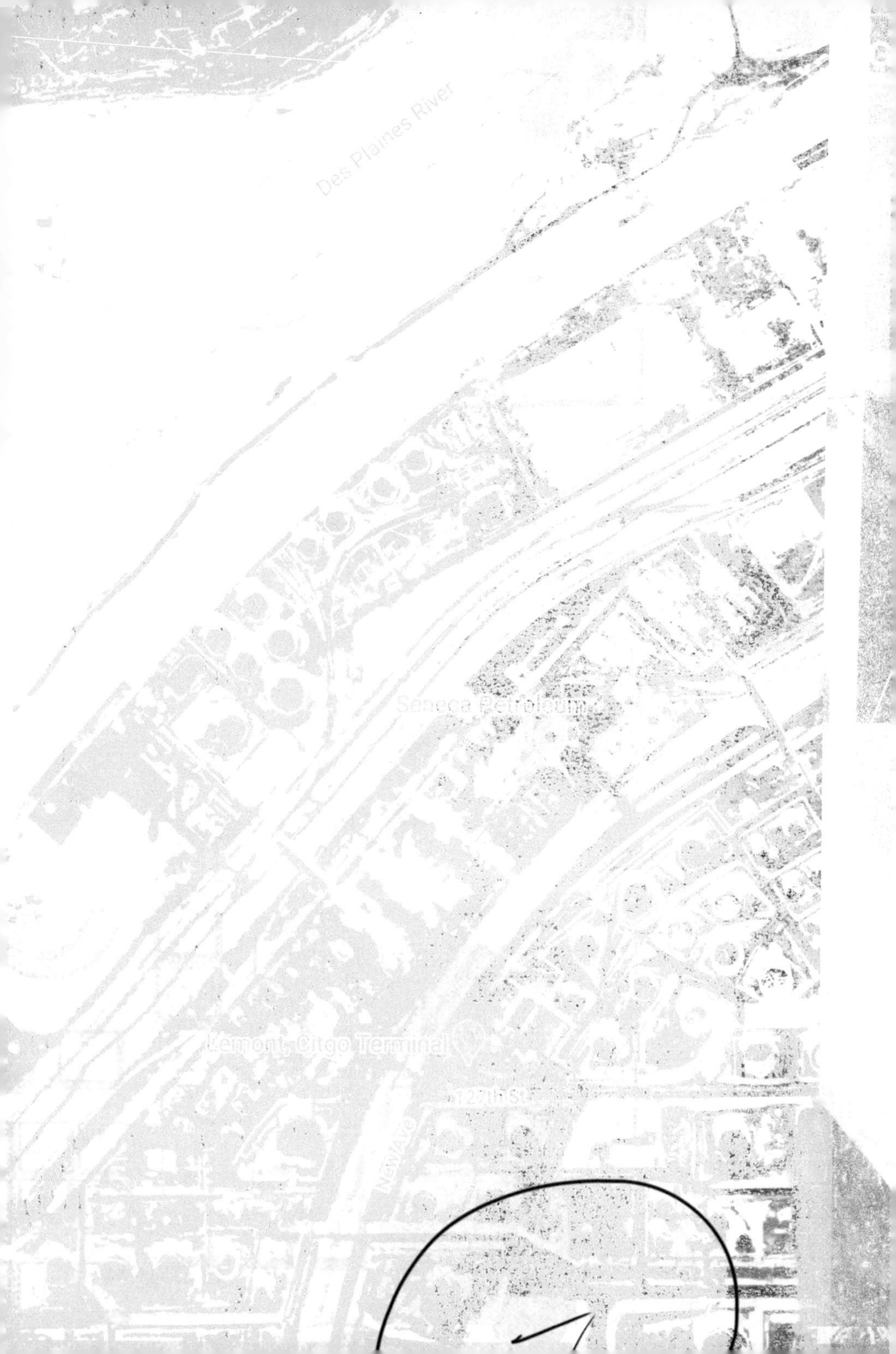
Des Plaines River
Seneca Petroleum
Lemont, Citgo Terminal
127th St
New Ave

馬料水公眾碼頭。

「阿樹已經不是我們『不生存自殺協會』的人。」康子橋說：「很可惜，最後也沒法讓他自殺。」

「而且河豚毒的計劃也要告吹了。」一個白髮男人說。

「沒辦法了。」康子橋說：「都是那個尾崎空，幹，本來是要他死，沒想到他沒死去，而且還破壞了我們的計劃。」

「他不是一個容易放棄的人。」男人說：「我們還會對上。」

「你怎知道？」

「嘿，我就是知道。」

白髮男人想起那天跟他說的說話。

「年輕人，別要想太多煩惱事，總有一天，會有魚上釣的！」

沒錯，這個男人，就是尾崎空那天在公眾碼頭遇上的釣魚伯伯！

「看來，我也要出山了。」他說。

而且他也是「不生存自殺協會」中，除了櫻花樹、康子橋以外，第三位可以讓沒有自殺傾向的人，最後選擇自殺。他因為一些私人事件退出了協會，不過，看來他要復出了。

「看來老鬼你已經想好了對付尾崎空的方法。」康子橋說。

「是有一些點子。」

白髮男人在袋中拿出了一張相片，相片中是一個男人，左眼有一條長長的疤痕。

「這是誰？」康子橋問。

「總有一天，我會把他送去地獄。」白髮男人說。

「嘿，原來他還未死？這樣就有好戲看了！」

相片中的人是……

尾崎空的哥哥。

尾崎峰。

……

…

．

自殺調查員

第四部

不日上映。

If You Ever Have Had
The Idea Of
Suicide ......

Salvation 自殺調查員3

後記

笑著離開。

「我才不要帶著那種表情死掉，至少，最後要笑著離開。」

的確，在生命最後一刻能夠笑著離開，不是一件簡單的事，不過，我們都要在痛苦的生活中，心存「希望」。

這一部是尾崎空的故事，追查媽媽死去的真正原因。這次寫對白時，心中都有一份戚戚然的感覺，我的確是有一份期待，希望看完這套小說的讀者，會明白「生命」與「生存」的真正意義。

我自己很喜歡這一句：「如果沒有痛楚，會有更多人痛苦」。

如果自殺沒有痛楚，會有更多人去了結自己的生命嗎？答案一定是「會」。當有更多人結束自己的生命，也代表了會有更多深愛著自殺者的人，感覺到痛苦，這句句子，就是這意思。

我們的生命當然是為了自己而活，不過，因為我們會在生活中遇上不同的人，而且這些人會由「陌生」變成「重要」，所以，我們最初是為了自己而活下去，慢慢地，我們開始為著重要的人而……活下去。

就像是尾崎空一樣。

「只要我還沒有死，他就可以繼續在我的腦海中陪伴我。」

的確，把一個人迫上絕路是很困難的事，不過，更困難的是，去拯救一個被迫上絕路的人。

但願我們每一個人，也可以成為……

「拯救別人的人」。

這也是我寫這部小說的真正原因。

孤泣字

10/2020

LWOAVIE RAY TEAM

孤泣特別鳴謝 小說團隊

由出版第一本書開始，只得我一人。直至現在，已經擁有一個孤泣小說的小小團隊。謝謝一直幫忙的朋友。從來，世界上衡量的單位也會用金錢來掛勾，但在這個「孤泣小說團隊」中，讓我發現，別人為自己無條件的付出。而當中推動的力量就只有四個大字——

「我支持你」

很感動！在此，就讓我來介紹一直默默地在我背後支持的團隊成員。

EDITING

曦雪 WINNIFRED

愛幻想、愛看書、愛笑愛叫的怪小孩，平時所有愛做的都不會做。喜歡寫作卻不會寫，說是因為懂寫不懂作。

現實中Winnifred的化妝師，見證多少有情人終成眷屬。喜歡美麗的事物，自成一角的審美態度：「美，可以是看不到、觸不到，卻能感受得到。」機緣巧合，成為孤泣的文字化妝師。

RONALD

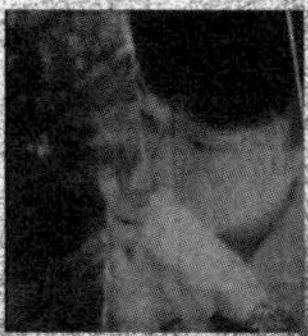

學藝未精小伙子，竟卻有幸擔任孤泣小說的校對工作。可說是人生一大幸運的事。

首喬

卞之琳這樣說：「你站在橋上看風景，看風景人在樓上看你。明月裝飾了你的窗子，你裝飾了別人的夢。」能夠裝飾別人的夢，是錦上添花。

APP PRODUCTION

JASON

傳說中的 Jason 是以戇直、純真、傻勁加上一點點的熱血配製而成。為了達成為一個小小的夢想，忍痛放棄一份外人以為穩定的工作，毅然投身自由創作人的行列。希望可以創作屬於自己的 iOS App、繪本、魔術書、氣球玩藝書、攝影手冊、攝影集、IT工具書等。歡迎大家來www.jasonworkshop.com參觀哦！

小雨

顧城說：「黑夜給了我黑色的眼睛／我卻用它尋找光明」，願我們黑色的眼睛，不會忘記光明的樣子，不放棄。

I only have one person. Until now, I already have a small team of solitary novels. Thank you for your help. In the

MULTIMEDIA

GRAPHIC DESIGN

阿鋒

平面設計師，孤泣愛好者。由讀者搖身一變成為團隊成員之一，期望以自己的能力助孤泣一臂之力。

RICKY

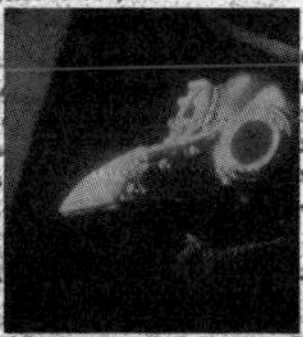

平面設計師，兜了一圈，原地做夢！感激孤泣賞識同時多謝工作室團隊，這團火燒到了我。創作人，路是難行但並不孤單。

阿祖

喜歡電影、漫畫、小說、創作，希望替孤泣塑造一個更立體的世界。

ILLUSTRATION

13

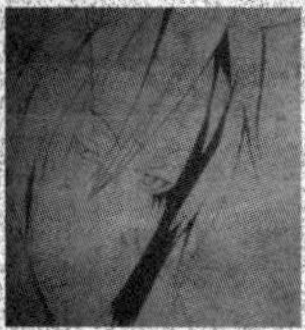

不善於用文字去表達心情，但喜歡以圖畫畫出一片天空，這片天空是無限大，同時存在了無限個可能。多謝孤泣給我機會發揮我自己，而孤泣的小說，是我的優質食糧。

LEGAL ADVISER

X律師

當孤泣問我如何殺人不坐監、未來人受不受法律約束時，我決定成為他的顧問，律師費請匯入我戶口，哈哈。

PROPAGANDA

孤迷會_OFFICIAL

www.facebook.com/lwoavieclub

IG: LWOAVIECLUB

自殺調查員3

孤泣作品
LWOAVIE RAY COLLECTION
12

作者
孤泣

編輯 / 校對
小雨

封面 / 內文設計
RICKY LEUNG

出版
孤泣工作室有限公司
新界葵灣德士古道212號 W212 20/F 5室

發行
一代匯集
九龍旺角塘尾道64號龍駒企業大廈10樓B & D室

承印
美雅印刷製本有限公司
九龍觀塘榮業街6號海濱工業大廈4字樓A室

出版日期
2020年12月

ISBN 978-988-79940-3-9

HKD $98

孤出版